ANIQUÍLAME
VOLUMEN 2
CHRISTINA ROSS

CW01497260

A mis padres.
Y a todas las mujeres de carácter, donde quiera que estén.

Nota del traductor

EL ESPAÑOL UTILIZADO en esta traducción es eminentemente peninsular. Sin embargo, se ha tenido en cuenta la diversidad de usos del español entre los posibles lectores de la novela y se han buscado giros lingüísticos y vocablos tan neutros como ha sido posible. Siguiendo este criterio, se ha querido evitar usos que, aun siendo gramaticalmente correctos, puedan estar estigmatizados en Latinoamérica. Por otra parte, se han seguido las directrices y recomendaciones recogidas en la gramática de la Real Academia de la Lengua (RAE) con respecto a la no acentuación de pronombres demostrativos y otros vocablos que, tradicionalmente, solían acentuarse.

En la obra se incluyen algunos de los préstamos lingüísticos que se han incorporado al uso coloquial de la lengua, algunos pueden no aparecer en la última edición del diccionario de la RAE.

ANTONIO GRAGERA, TRADUCTOR.

ANIQUÍLAME
VOLUMEN 2

CAPÍTULO UNO

Nueva York
Septiembre

– ¿NO QUERÍAS TOCARME el pecho? –dijo Alex, pasándose la lengua por el labio superior.

Estábamos en su salón, sentados en un sofá blanco, de piel. Al otro lado de los ventanales que recorrían la habitación parpadeaban los destellos de la silueta de Manhattan. La luz de sus ojos turquesa se clavó en los míos con una fulminante intensidad que nunca antes había visto en ellos. Me pareció alguien diferente. Casi animal.

– Así es –dije, pero mi voz sonó incierta a pesar de mí. Me sentía algo delirante porque sabía lo que estaba a punto de ocurrir. Tener una relación sexual después de tantos años de espera no sólo cambiaría mi vida, cambiaría también mi relación con Alex. Y eso me asustaba.

¿Y si no lo complaciese en la cama? ¿Y si me comportase con demasiada frialdad a pesar de que mi cuerpo ardiera en ese momento? Él había estado casado antes. A pesar de lo que Blackwell me había contado, debía haber tenido experiencias con otras mujeres. ¿Sería alguna de ellas virgen, como yo? No lo creía posible. ¿Sería delicado conmigo? Mirándolo a los ojos, viendo cómo su mirada inquebrantable me devoraba, me temía que no.

Se acercó más a mí.

–Entonces, ¿por qué no lo haces? ¿Por qué no empiezas por quitarme la pajarita?

Lo tenía ahora lo suficientemente cerca como para poder oler el casi imperceptible aroma de su colonia, tan masculino como él y que me hacía desearlo aún más. Con una mano me dispuse a deshacer el lazo de la pajarita y me sorprendí de la destreza con que tiré de él, dejándola caer al suelo.

– Eso ha sido rápido.

– Lo siento.

– ¿Tienes prisa?

– No lo sé.

Pero la tenía. Sabía que la tenía. Estaba deseosa de tenerlo encima y dentro de mí, aunque sabía que me causaría algún dolor. O quizás no. No tenía ni idea. Probablemente él sabría cómo evitarlo. Quizás supiera la manera de mitigar el dolor. Me daba vergüenza que, a esas alturas de mi vida, no supiera qué esperar, aparte de lo que le había oído a Lisa y a algunas otras amigas. Me parecía lamentable.

– Desabróchame la camisa, pero hazlo despacio. No tengas tanta prisa.

– No lo puedo evitar.

–Tienes que evitarlo. Ve despacio. Cuando llegue el momento, te quiero completamente empapada.

Ya estoy empapada.

– El botón de arriba –dijo Alex. Había un tono diferente en su voz. Más grave. Más áspero. Cuando me habló, fue como una orden–. Desabróchalo.

Hice lo que me dijo, dejando su garganta al descubierto.

– Continúa. Uno por uno... Así. No corras.

– ¡Llevas camiseta!

– Pues claro. Si no se me trasluciría el pecho a través de la camisa. ¿Te sientes defraudada? –dijo ladeando la cabeza.

– Un poco.

– Perfecto. Sigue.

– Vas a tener que ponerte de pie –dije–. La camisa está entallada en los pantalones.

– Muy bien.

Un esbozo de sonrisa se dibujó fugazmente en sus labios. Se levantó, me separó los pies golpeándolos con sus zapatos y se puso delante de mí. Y entonces supe qué lo había hecho sonreír. Su excitación era claramente visible a través de los pantalones y la tenía a pocos centímetros de la cara. Se puso las manos en la cadera y bajó la mirada a la vez que yo levanté la mía.

– La camisa, Jennifer. Céntrate en eso ahora. Ya verás el resto luego. Sácame la camisa. Desabróchala y espera a que te diga lo que tienes que hacer después.

Estaba siendo dominante conmigo, pero, a pesar del recuerdo de mi padre, no me importaba. Era sensual, de hecho me excitaba, así que le seguí el juego. Cuando tuviera la oportunidad, más adelante, tomaría yo el control de la situación y le haría lo mismo a él... Una vez que supiera lo que estaba haciendo. Pero, de momento, no lo sabía. Así que hice lo que me dijeron. Sólo que cuando tiré de la camisa para terminar de desabrocharla tiré también de su camiseta, revelando brevemente un pedazo de su piel bronceada antes de ocultarlo de nuevo al caer.

– Lo has hecho a propósito –dijo.

– No ha sido a propósito.

– Algo me dice que sí.

– Es la verdad.

– No sé. ¿Te ha gustado lo que has visto?

– Yo ...

– Termina de desabrochar la camisa. Luego levántate.

Así lo hice.

– Quítame la chaqueta.

Se la quité y me la llevé a la cara para oler el tejido. Con sus ojos fijos en mí, aspiré hondo antes de dejarla caer en el sofá. Ese simple gesto pareció encenderlo por un momento, pero se apresuró a ahogar el fuego.

– Para quitarme la camisa, necesitas desabrocharme los puños. Concéntrate, Jennifer.

Hice lo que me dijo y le quité la camisa con cuidado. Sabía que estaba en buena forma, pero no hasta qué punto. Debajo de la camiseta, su pecho se adivinaba torneado y firme, como esculpido en mármol. Se dibujaban los cuerdas que formaban los músculos de su abdomen y sus brazos eran mucho más grandes de lo que había imaginado. Hasta entonces sólo lo había visto con chaqueta, con excepción de la noche que llegó al restaurante informalmente vestido. Pero estábamos a oscuras y la camisa no era ajustada. Me di cuenta en ese momento de que tenía los pezones tan duros como los míos. La camiseta era tan ajustada que no dejaba nada a la imaginación. Y entonces, para mi sorpresa, no me dejó que terminara de desvestirlo. Con un preciso juego de brazos y cabeza, se quitó la camiseta y dejó su pecho al descubierto delante de mí.

– Aquí lo tienes –dijo con una voz profunda–. ¿Todavía quieres tocarlo?

Lo admiré un instante, antes de responder.

– Sí.

– ¿Y si te dijera que no te está permitido está noche, que soy yo el único que va a tocarte?

Lo miré

– ¿Por qué harías algo así? –pregunté mirándole a los ojos.

– Porque podía apetecerme así.

Miré al pecho, musculoso y ligeramente cubierto de vello de la manera más deseable. Comenzando debajo de sus pectorales, una delgada línea le recorría aquellos abdominales de ensueño hasta perderse en el interior del pantalón. Sólo Dios sabía lo que me aguardaba allí. Sus pezones, tensos, erectos. No sé por qué, pero quería llevármelos a la boca. Quería que mi lengua jugara con ellos, quería incluso mordisquearlos. Pero no me dejaría tocarlo, lo que se me hacía insoportable. Decidí hacerlo de todas maneras, pero antes de que llegara a tocarlo me tenía aprisionada contra el sofá.

– ¿Qué es lo que quieres, Jennifer?

Estaba embriagada de deseo.

– Te quiero a ti.

– ¿Hasta qué punto me deseas?

– Como nunca antes he deseado a nadie.

– ¿Por qué?

– Porque me siento ligada a ti. Segura contigo. Y te deseo.

Vi cómo miraba mi martini, que apenas había tocado. Me pareció que había mirado para comprobar si había bebido demasiado y no estaba pensando con claridad. Pero lo estaba. Sólo le había dado un par de sorbos.

– No voy a seguir adelante si se trata sólo de perder tu virginidad.

– No se trata de eso.

– ¿De qué, entonces?

Estaba rebosante de deseo y ansiedad. Pensar era un reto.

– Quiero estar contigo, Alex. Quiero tenerte dentro de mí. Por favor. No puedo resistirlo más.

– ¿Qué no puedes resistir más?

– Esto. Tenerte así delante de mí. La tensión. No puedo más.

– No voy a hacerlo a menos que seas mía.

– ¿A menos que sea qué?

– Quiero que seas mía.

– ¿De qué me estás hablando?

– Quiero que seas exclusivamente mía o no sigo adelante. No voy a quitarte la virginidad si se trata de simple curiosidad por tu parte. No me aprovecharía de algo así porque te valoro por encima de eso. Necesito asegurarme que sabes lo que estás haciendo y también adónde quiero llegar contigo.

– ¿Qué quieres decir? ¿Adónde exactamente quieres llegar?

– Simplemente, respóndeme. Necesito que me digas que soy yo a quien quieres o lo dejamos aquí. No podría hacer nada contigo. Tu primera vez tiene que ser especial. No eres una niña de dieciséis años que no sabe lo que hace. Tú sabes lo que estás haciendo y cómo esto puede cambiar las cosas. Has esperado todos estos años por algo, a que llegara el hombre adecuado. Necesito que estés convencida de que ese hombre soy yo.

– Lo eres.

– ¿Serás mía, exclusivamente?

Torcí el gesto.

– ¿Qué pregunta es esa? Por supuesto que sí. ¿No me conoces lo suficiente? ¿Qué te hace pensar eso?

– Porque la exclusividad es algo que significa mucho para mí.

– No te entiendo.

Se inclinó en mi oído, el roce de su barba incipiente contra el lóbulo de la oreja me llevó otra vez al límite. Cuando habló, fue como un susurro.

– Entonces, déjame que te lo explique. Quiero hacer cosas contigo tan íntimas que sólo los dos podemos compartir. Nunca vas a anticipar cuándo quiero hacerlo. En el coche, en mi oficina, aquí, o en cualquier otra parte, donde pudieran descubrirnos. No soy precisamente predecible cuando se trata de sexo, Jennifer. Me gusta experimentar, mucho. Me he mantenido célibe por cuatro años, desde que mi esposa murió. Como tú, he estado esperando que apareciese esa persona especial. La única. Supe que la había encontrado aquella noche en el Four Seasons. Lo supe cuando me puse celoso por la atención que todos te dedicaban. No soy un hombre celoso, pero lo estaba aquella noche y por una buena razón. Y fue entonces cuando lo eché todo a perder por tratarte como lo hice. Antes de que sigamos adelante, necesito saber que te sientes segura, que lo estás realmente. Necesito saber que de verdad quieres estar conmigo y que confiarás en mí a lo largo del proceso.

–¿Qué proceso?

– Ya lo verás

– No seas evasivo

– Si confías en mí, no debería importarte.

– Confío en ti.

– Entonces, vayamos poco a poco –dijo–. Pásame la camisa.

Lo miré confundida.

– No va a pasar nada esta noche –dijo.

– ¿Qué estás diciendo?

– Quiero que el deseo crezca aún más entre nosotros.

– ¿Por qué?

– Por esto.

Moviéndose con precisión, se puso de rodillas manteniendo mis piernas abiertas. Se inclinó sobre mí, me agarró la espalda por la cintura y me besó apasionado en la boca. Con suavidad, me cogió los pechos mientras que su lengua se perdía en mi garganta. Me dejé llevar y le devolví el beso con la misma intensidad.

Quise tocarle el pecho. Me apartó las manos. Pero no iba a permitirle que no me dejara tocarlo. Me lo quité de en medio de un manotazo y mis dedos recorrieron sus pectorales de acero y su torso de seda. Cuando llegué a los pezones, se los apreté entre los dedos. Él contuvo el aliento y se echó hacia atrás con una mirada de sorpresa y de pasión animal. Tenía el pecho y el torso cubiertos de pequeñas incisiones rojizas que le habían hecho los cristales tallados de mi vestido. No pude evitar una sonrisa.

– Te he marcado, como al ganado –le dije.

Arrugó las cejas sin entender nada.

– Mírate el estómago.

Vio las marcas y, luego, volvió a mirarme.

– Ya veo. ¿Quién mejor que tú?

Se inclinó sobre mí otra vez, apretándome más fuertemente, estrechándome contra el sofá de manera que podía sentir su erección en mi rodilla. Un torrente de excitación me recorrió el cuerpo. Me sostuvo la cara entre las manos y me besó en los labios antes de bajar hasta el cuello y besármelo, para continuar luego hasta los pechos, abultados por el vestido que se ceñía a su alrededor. Los admiró un instante.

Luego me miró fugaz y besó mis pezones, terminando con un pequeño mordisco a cada uno que casi me hubieran producido un orgasmo si no fuera porque, de golpe, me levantó del sofá privándome de aquel momento.

– Mi camisa –dijo.

– ¿Por qué me haces esto?

– Ya te lo he dicho. Quiero que crezca el deseo entre nosotros hasta el punto de que los dos perdamos la razón. Y también porque quiero castigarme por la forma como te traté aquella noche. Créeme, no pasar contigo la noche es un castigo.

– Pero aquello ya pasó.

– Quizás para uno de los dos. Quizás el otro no pueda perdonarse. ¿Vas a terminarte tu martini?

– No va a servirme de nada.

Se rió.

– La camisa, por favor.

Se la di de mala gana

– ¿Quieres la chaqueta y la pajarita también?

– No. Sólo la camisa.

Se la puso empujándose con los hombros y se la abotonó, ocultando todo lo que me había hecho fantasear y desearlo.

– Creo que eres cruel.

– No pensarás así cuando me tengas dentro de ti.

– ¿Y cuándo será eso?

– Ni idea. El tiempo dirá. Lo sabremos cuando llegue momento.

– Ahora es el momento.

– No, no lo es.

– ¿Cómo lo sabes?

– Lo sé. No es el momento.

– Según tú.

– ¿Te veo mañana?

– Tengo que trabajar mañana.

– Entonces paso a recogerte. Podemos volver aquí.

– ¿Para qué? ¿Para que puedas atormentarme un poco más?

– Probablemente. ¿No te gustaría?

– No me lo puedo creer.

– Yo tampoco –sonrió cálidamente.

– Me estás frustrando.

– Me estoy frustrando a mí mismo. Ahora mismo te deseo como sólo he deseado a otra mujer. Pero de eso hace años. Esto es diferente.

– ¿En qué es diferente?

– Nunca pensé que iba a sentir así otra vez. Pero es lo que siento. Y no voy a tenerte sin saber que serás sólo mía.

– No sé cómo voy a dormir esta noche o cómo voy a estar concentrada en el trabajo mañana.

– ¿Crees que a mí me va a ser más fácil? De eso se trata. Me estoy castigando por lo que te hice.

– Pero me estás castigando a mí también.

– Ya verás como tengo razón. Démonos tiempo. Dejemos que el deseo crezca entre nosotros.

Fui a hablar, pero se acercó a mí y me besó en la frente. Luego me besó en los labios antes de hablarme al oído. La barba incipiente otra vez, raspándome la piel. Maldita sea.

– Confía en mí. ¿De acuerdo? Ya lo verás. Mientras tanto, no voy a quitarte las manos de encima. O la boca. O la lengua. Pero voy a asegurarme de que tu primera vez te deje sin sentido, Jennifer. Cuando suceda, tu cuerpo experimentará lo que nunca creíste capaz de experimentar. Y entonces, cuando lo veas claramente, entenderás por qué estoy haciendo esto.

– Bésame otra vez.

Pero no lo hizo. Al contrario, se alejó de mí.

– Habrá un coche esperándote en la puerta. El conductor se asegurará de que llegues sana y salva a casa. Te veo mañana por la noche, ¿de acuerdo?

Hijo de puta.

– Está bien –contesté.

– El baño está justo a la derecha –dijo esbozando una sonrisa–. Por si necesitas retocarte el pelo y el maquillaje antes de salir.

CAPÍTULO DOS

Sentada atrás en la limusina bajé la ventanilla para aspirar la ciudad, intentando calmar mis nervios. Me sentía a un tiempo atacada y burlada, excitada y enfadada. Sentía que apenas me quedaba un resquicio de control sobre mi vida. *Va a acabar conmigo,* pensaba. *¿Por qué impidió que ocurriera?*

Desde mi bolso oí el zumbido del teléfono. Lo saqué y lo abrí, sabiendo que sería algún mensaje de texto de Alex. Pero no era un texto. Me había enviado un correo electrónico. Decía simplemente: *Para ti y sólo para ti. Nadie más.*

Venía con una foto adjunta. La bajé y cuando vi lo que era, instintivamente, me llevé la mano al corazón. Se había hecho una foto en el espejo de su cuarto de baño. No llevaba camisa, ni camiseta. Con una sonrisa de satisfacción, su pecho y sus abdominales desnudos me miraban. Era demasiado, una burla absoluta, pero los dos podíamos jugar a lo mismo. No iba a dejar que me ganara.

Le pedí al conductor que levantara la ventana entre su asiento y el mío para estar en privado. ¿Cuál era la mejor forma de retar a Alex? ¿Cómo podría quedar por encima? Lo pensé por un momento. Entonces, me incliné hacia delante y me bajé la cremallera del vestido. Dejé caer la parte superior sobre las piernas, enseñando mis pechos cubiertos por el sexy sujetador de encaje que Blackwell me había elegido unas horas antes.

Empezaron a temblarme las manos sólo de pensar lo que estaba dispuesta a hacer. Me empujé el pelo hacia delante y dejé que cayera sobre mis pechos a ambos lados de la cabeza, sabiendo que esto lo excitaría.

Nunca había hecho algo así, pero por alguna razón, y a pesar de cómo me estaba latiendo el corazón, quería hacerlo. Me recosté contra la piel fría del asiento, le di la vuelta al teléfono, miré a la cámara y me hice varias fotos, tanto mirando intensamente al objetivo como entreabriendo boca y ojos. Las pequeñas explosiones de luz de la cámara iluminaron el interior de la limusina. No quería imaginarme lo que el conductor estaría pensando, si es que podía ver algo a través del cristal oscuro. Pero no me importaba. *Que piense lo que quiera.* Iba a darle a Alex lo que se merecía. Incliné la cabeza más hacia atrás, como si estuviera en el umbral del orgasmo, y me hice más fotos.

Cuando terminé no pude controlar una risita. Nunca me había sentido tan en libertad con mi propio cuerpo. Y lo que era mejor, me había gustado.

Antes de ponerme de nuevo el vestido, miré las fotografías. Excepto por una de ellas, todas me disgustaban. Pero la que me gustaba era perfecta. Mostraba la suficiente cantidad de piel y la suficiente cantidad de encaje. El pelo, que a él le gustaba que lo llevara suelto, se curvaba por encima de los pechos, carnosos, redondos, con un pronunciado surco entre ellos. En la foto, me estaba mordiendo el labio inferior. Tenía los ojos cerrados y la cabeza recostada contra el asiento como si tuviera algo dentro de mí a lo que necesitaba dar rienda suelta, algo bastante cierto por otra parte. Me parecía que se me veía como una mujer fogosa, algo igualmente adecuado considerando que se me había elevado la temperatura. Miré la foto de nuevo y no pude evitar otra risita.

Obviamente he perdido el control.

¿Y qué? Adjunté la foto a un *email* y como respuesta al suyo escribí: *Lo que va aquí es lo que te estás perdiendo.* Antes de pudiera reflexionar acerca de lo que estaba haciendo y cambiar de idea, oprimí el botón de envío. Sacudí la cabeza asombrada de mi audacia y acto seguido recuperé la compostura. Cuando fui a subirme la cremallera me di cuenta de lo excitada que estaba, me había empapado otra vez.

Y entonces sonó el zumbido del teléfono. Esta vez sí se trataba de un mensaje de texto.

– No me lo vas a poner fácil, ¿verdad?

Levanté las cejas asombrada y le devolví el tiro con otro texto.

– Sólo sigo tus pasos. Y por cierto, no vas a saber nunca cuándo va a llegarte otra vez una foto como esta, así que está preparado. Puede ser mientras estás trabajando, en alguno de tus actos sociales, o incluso durante una reunión de trabajo. De hecho, el último es el mejor escenario posible... por haberme dejado a dos velas esta noche.

Esperé un poco y me escribió de nuevo.

– Siempre puedo decirle al chófer que dé la vuelta.

Lo pensé. Pero aunque realmente lo deseaba, rechacé la idea. La situación me estaba volviendo loca, pero ahora veía la lógica en lo que él había dicho antes. Dejemos que crezca el deseo hasta que no podamos aguantarlo más y, cuando llegue el momento, lo que experimentemos juntos será algo que ninguno de los dos olvidará jamás.

Será algo explosivo.

– Lo siento –escribí–, pero has perdido la oportunidad. Vamos a dejarlo crecer. ¿Quizás dentro de unos meses?

Oprimí el botón de envío y esperé a que llegara otro texto suyo. Llegó.

– Meses no, Srta. Kent.

– Estaba pensando que unos cuantos. No deberías haberme hecho lo que me has hecho.

– Hice lo que creía necesario.

– ¿Te has vuelto a poner la camisa puesta?

– No llevo nada. ¿Quiere una foto?

Me puse colorada cuando leí el texto. Cerré los ojos para imaginármelo.

– Puedo esperar. Más o menos.

– ¿Estamos *sexteando*?

– Creo que sí.

– ¿Has *sexteado* antes alguna vez?

– Me parece que sabes la respuesta.

– Yo tampoco. Somos como una pareja de adolescentes.

– Extraño –escribí–. Yo me siento como una mujer.

CUANDO EL CONDUCTOR me dejó en mi apartamento le di las gracias, atravesé corriendo la calle casi a oscuras y rápidamente metí la llave en la cerradura. No podía esperar a salir de aquel vecindario. Era siniestro, inseguro y me daba escalofríos. Ahora tenía unos ingresos fijos. No había ninguna razón para seguir allí. Lisa y yo necesitábamos encontrar algo pronto.

Una vez dentro del edificio oí el coche arrancar.

Subí los cuatro tramos de escalera y entré en el apartamento. Lisa estaba sentada al otro lado de la habitación, las páginas de un manuscrito en la mano y su martini de cada noche al lado. Levantó la mirada cuando entré y me saludó con un hola antes de rodear algo en el manuscrito con un círculo. Luego lo dejó caer sobre las piernas y me miró fijamente.

– Vaya, vaya –dijo–. Quién te ha visto y quién te ve.

Dejé el bolso y el teléfono en la cocina. No podía ocultarle nada a Lisa. No tardaría en empezar a interrogarme. De hecho, ya había empezado.

– ¿Qué quieres decir con eso?

Cogió su martini y bebió un sorbo.

– Un vestido encantador –dijo con cierta malicia en los ojos.

– Gracias.

Me miró a los pies.

– Bonitos zapatos.

– Me gustan.

– ¿Son cómodos?

– Ni un rasguño.

– Al menos no en los pies.

– ¿Cómo?

– Nada. Murmuraba.

– ¿Desde cuándo murmuras tú?

Ignoró la pregunta.

– Me imagino que irías a trabajar con algo de maquillaje puesto. Y que el pelo no lo tendrías como ahora. Y que no saldrías a la calle con manchas en el vestido. Como esa que tienes ahí –dijo señalándome entre las piernas.

Bajé la vista y, espantada, vi la mancha.

–¡Ay, Dios! Este vestido cuesta una fortuna.

– Chica, estás hecha un desastre.

Me acerqué al sofá y me senté.

– ¿No crees que deberías poner una toalla debajo antes de sentarte en ese sofá?

– Anda, déjame en paz.

– Lo digo en serio. Haz el favor.

– Lo que sea.

Me recosté en el sofá y sonreí mirando al techo.

– ¿Te dejo a solas?

– No. Tenemos que hablar. Estoy que no me aguanto. No tienes ni idea.

– Oh, me lo puedo imaginar. ¿Tienes algún chupetón?

– ¿Que si tengo qué?

– Algún chupetón.

– No tengo ningún chupetón. Por cierto, ¿aún se sigue llamando así?

– Te estoy tomando el pelo. Pero tengo que decir que es un alivio saber que aún mantienes el control. Me alegro.

– Ni te imaginas el control que he tenido que mantener esta noche.

– A juzgar por tu apariencia, juraría que ninguno.

– Te equivocas. Un control férreo, aunque no por elección

– Así que sigues tan impoluta como el aceite de oliva virgen.

– No diría tanto. Digamos que sigo... intacta.

Dejó la bebida a un lado, sobre la mesa, y estiró la manos empujándose contra el asiento. Era tan liviana, como si apenas estuviera en la habitación.

– Bueno –dijo–. Ya está bien de misterios. Quiero detalles. Empieza a cantar. Me he pasado toda la noche deseando que volvieras para contarme cómo te había ido y, aparentemente, te ha arrastrado como una marea, por decirlo de alguna manera. De ahí que me pareciese que necesitabas una toalla.

– Muy graciosa. Nunca me había pasado algo así. Espero que no haya arruinado el traje. Vale una fortuna.

– No.... Llévalo a una buena tintorería para que le quiten la mancha. Aunque no me gustaría estar en tu lugar cuando tengas que decirles dónde está la mancha.

– ¿Qué les voy a decir?

– Nada. Sabrán lo que es y el peso de la culpa caerá sobre tu cabeza. Aparenta contrición, agarra el recibo y lárgate de allí.

Se recogió su pelo rubio por detrás de la cabeza. A su espalda, murmuraba el aire acondicionado.

– ¿Me vas a decir lo que ha pasado o no?

– No sé si estás preparada para oírlo todo.

– Jennifer, estás como si una docena de macarras te hubiera metido mano. Y además tienes la mirada perdida, lo que nunca te pasa a menos que hayas bebido un poco más de la cuenta, algo que sí puedo atestiguar que te pasa con bastante frecuencia. Pero dudo que hoy sea esa la razón. Y estoy preparada. Excepto por los zapatos y el vestido, creo que me he visto en la misma situación en la que tú estás. Hace algunos años. Fue como estar en el cielo y en el infierno a la vez.

Se sentó sobre sus piernas, pero inmediatamente las descruzó y se levantó. – Pero, ¿en qué estaba pensado? Tú necesitas un martini. Con eso se te hará más fácil contármelo todo. Y lo quiero todo. Vuelvo enseguida.

– ¿Tenemos vodka del bueno?

– De más sabes que sí. Ahora podemos permitírnoslo. ¿Qué te pasa?

– Creo que tengo amnesia.

– Cariño, lo que te pasa es que estás en celo. Eres un manojo de feromonas. Te preparo una copa. Te aliviara el dolor... O lo que sea que tengas.

    – Es un misterio –dije.

    Y luego le conté la noche con todo detalle.

– ¿QUE HIZO QUÉ?

    – Lo que has oído.

    – ¿Y tú hiciste qué?

    – Lo que has oído.

    – No me lo puedo creer. ¿Te conozco?

    – Ni yo me conozco.

    – Déjame ver las fotos.

    – Ni hablar.

    – Lo compartimos todo. ¿Realmente esperas que no insista? ¡Venga ya, Jennifer! No puedes contarme algo así, con todo detalle, y no dejarme ver las fotos.

    – Bien. Pero que conste que no es algo de lo que me sienta orgullosa.

    – ¿A quién le importa? Que tú confíes en alguien de esa manera lo dice todo. Te lo dije antes y te lo repito ahora: estás hasta el fondo. Simplemente no me imaginaba a cuánta profundidad.

    Cogí el teléfono y busqué la foto que él había mandado. Se la mostré. Con ansia, me quitó el teléfono de las manos.

    – ¡Joder! He visto fotos suyas en internet, pero no como esta. Está más bueno de lo que me imaginaba. ¡Qué tórax! Por no mencionar los abdominales. Con lo ocupado que está, ¿de dónde saca el tiempo para mantenerse así? Y fíjate en esa sonrisa. ¿Sabes qué? Si mis novelas de zombis apocalípticos llegan al cine, quiero que el protagonista se parezca a él. O mejor, que sea él.

    – No creo que Alex sepa actuar.

– Pero seguro que puede financiar el proyecto. He hecho una búsqueda. Wenn Entertainment es parte de su compañía.

– Me matas.

Volvió a mirar la foto y suspiró.

– Él también está hasta el fondo –dijo mirándome con aprobación–. Me alegro por ti, querida. De verdad. Y ahora, ¿dónde está esa foto tuya?

– No, esa no la veas.

– Claro que sí.

– Entonces, abre la siguiente foto.

La abrió. Yo torcí la boca. Por alguna razón, permaneció en silencio por un momento. Me había pasado. Lo sabía.

– ¿Qué tenemos aquí? ¿Una supermodelo de lencería? Mira tú. Y de buen gusto, además. Mostrando lo justo. Me encanta el pelo cubriéndote el pecho pero dejando adivinar el encaje, tú mordiéndote los labios, los ojos cerrados, la cabeza hacia atrás. Es evidente que estás en la limusina. Eso ha debido torturarlo. Buena jugada. Es como si Mario Testino hubiera hecho la foto, pero con un toque a lo Warhol –dijo, para mi sorpresa.

– ¿Mario qué?

– No es tu campo.

– ¿Uno de tus fotógrafos de modas?

– Uno de los grandes. Madonna, Madonna, Madonna, una reencarnación tras otra, y muchas otras famosas.

Aún admiró la foto un poco más antes de devolverme el teléfono.

– Seguro que le hizo a Alex replantarse su estrategia.

– Después de verla quería decirle al chófer que diera la vuelta. Le dije que de ninguna manera porque creía que tenía razón. Que teníamos que dejar crecer el deseo entre nosotros. Que yo quería hacerlo crecer.

– ¿Crecer hasta dónde? ¿Hablamos de dúplex o un rascacielos?

– Un rascacielos no, definitivamente.

– Bueno. Me alegro.

– Pero esperaré tanto como haga falta hasta que llegue el momento.

– Cuando llegue, espero que estés preparada, querida, porque este hombre te va a aniquilar.

– ¿De tu vocabulario en torno a los zombies?

Se acabó su martini y ladeó la cabeza para hablarme.

– Quizás. Pero cuando llegue el momento oportuno y te coja entre manos te va a aniquilar. Va a arrancarte la virginidad y a destrozarte en la cama. Eso es lo que aniquilar significa: arrancar y destruir. Espera y verás.

CAPÍTULO TRES

La mañana siguiente el teléfono sonó a las seis. Lo había dejado al lado de la cama en caso de que Alex llamara durante la noche, cosa que no hizo. Lo cogí y vi su nombre en la pantalla.

– Sr. Wenn –contesté.

– Srta. Kent.

– ¿Cómo está usted esta mañana?

– ¿A pesar de no haber dormido nada? Sorprendentemente bien.

– ¿Por qué no has dormido? –pregunté.

– ¿Qué crees? ¿Tú has dormido?

– Quizás haya dado más vueltas en la cama de lo normal.

– ¿Sólo eso?

– ¿Qué quieres decir?

– Que si hiciste algo para desahogarte.

– ¿Y si lo hubiera hecho? –dije.

– ¿Lo hiciste?

– No

– ¿Qué pensarías si yo lo hubiera hecho?

– Creía que se trataba de contenernos –dije.

– Así es. No hice nada anoche, aunque me estaba muriendo de ganas. Tuve una erección que me duró casi una hora.

Me sonrojé sólo de pensarlo.

– Al final, fue lo que tú quisiste –añadió.

– Hicimos lo correcto. Por cierto, interesante la foto que te hiciste anoche. E inesperada.

– Lo mismo te digo.

– ¿Sales alguna vez mal en fotos?

– Tengo unas cuantas de esas.

– Lo dudo –repliqué–. Creo que te estuve mirando toda la noche.

– ¿Hasta agotar la batería?

– Milagrosamente, no se agotó.

– Mira –dijo–. Sé que tienes que trabajar esta noche, pero aún es temprano y mi primera reunión no es hasta las nueve. ¿Desayunamos juntos?

Sabía que tardaría en estar lista al menos tres cuartos de hora.

– Me encantaría. ¿Dónde nos encontramos?

– En mi casa. Cocino yo.

– ¿Tú cocinas?

– Pues claro.

¿Qué no sabe hacer?

– ¿Cuándo envío un coche a buscarte?

– A las siete.

– Pero serían sólo dos horas...

– Pero nos vamos a ver por la noche, después de que salga de trabajar.

– Tengo un evento esta noche –dijo–. Es importante. Probablemente termine muy tarde para recogerte, pero un coche te estará esperando para llevarte a casa. Lo siento.

– No tienes que disculparte. Necesitas atender tus negocios, Alex.

– También necesito verte más de un par de horas al día, Jennifer –dijo con cierta frustración.

Era una conversación que no quería tener en ese momento. Él trabajaba día y noche y yo trabajaba por las noches. ¿Qué esperaba? Tenía dos días libres a la semana y un día adicional para explorar nuevos restaurantes para Stephen. De alguna manera, si quería verme más, Alex tendría que ajustar su horario al mío, algo que sería posible porque al fin y al cabo era el dueño de Wenn Enterprises. Pero lo sabía muy bien, no sería fácil para él hacerlo. La junta administrativa lo esperaba todo de él, incluyendo asistir a todas las funciones sociales posibles. Escaparse para poder estar juntos iba a ser un problema.

¿Y cómo va a afectar esto a nuestra relación?

– Estamos perdiendo el tiempo –respondí–. Déjame darme una ducha. Manda el coche cuanto antes. Estaré allí antes de que te des cuenta.

CUANDO LLEGUÉ AL EDIFICIO, a las siete menos diez, el chófer me dijo que fuera al ascensor privado del Sr. Wenn.

– Hay alguien esperándola allí para darle acceso, Srta. Kent.

– Gracias –dije.

Entré en el edificio y fui recibida por los guardias de seguridad en recepción. Todos se dirigieron a mí por mi nombre, lo cual me pareció peculiar. Nunca me habían visto antes. Los saludé con la cabeza y me dirigí al ascensor que se escondía detrás de ellos. Entonces me di cuenta de que la persona que me esperaba era el mismo Alex. Llevaba unos pantalones vaqueros y una camiseta. Aparte de eso, estaba perfectamente afeitado y peinado y listo para empezar el día tan pronto como se pusiera un traje de chaqueta. Me rodeó con los brazos y me besó cuando me acerqué a él.

– Has llegado antes de las siete –dijo.

– Tengo curiosidad por saber cómo cocinas.

– ¿Solamente?

– Eso depende de lo que tú llames cocinar.

– El desayuno.

– ¡Ah! A eso le llamas cocinar.

– Sí, a eso.

– Bueno, y también porque quizás quería pasar un poquito más de tiempo contigo.

– Eso me alegra –respondió.

Y era cierto, lo veía en sus ojos, a pesar de que había algo en ellos que no podría definir. Parecía distraído una vez más, como lo había estado al comienzo de la noche anterior, antes de que le hablara de mi pasado y comenzara oficialmente nuestra relación. Decidí que sería mejor comportarme con naturalidad y ver cómo se daban las dos horas que teníamos por delante, especialmente teniendo en cuenta lo que pasó entre nosotros la noche previa. ¿Seguiría habiendo química o fue solamente cuestión de un instante? Esperaba que no, pero, ¿qué podía saber?

Deslizó una tarjeta por una ranura al lado del ascensor. Se abrieron las puertas y entramos. Cuando se cerraron, el ascensor despegó y él me empujó contra la pared.

– Estás muy guapa –dijo, besándome en el cuello primero y luego apretando sus labios contra los míos, para terminar pasándome los dedos a lo largo del pelo–. Y llevas el pelo rizado.

– No he tenido tiempo de alisármelo esta mañana.

– Me gusta así. Me recuerda la primera vez que nos vimos.

– ¿Por qué me parece que hace años de eso?

– Sólo me había pasado una vez antes, pero a veces, cuando conoces a alguien, es como si conocieras a esa persona toda la vida.

¿Se estaba refiriendo a su esposa? ¿A quién si no? Me preguntaba cómo sería. Por mucho que miré alrededor, no pude ver ninguna foto de ella en su apartamento la noche anterior. Quizás fuera difícil para él verlas. Quizás no había ninguna por una buena razón: tenía que seguir adelante sin ella. A pesar de lo que hubiera entre nosotros dos en ese momento, me dolía pensar que había perdido a su mujer tan pronto. Debió dejarlo destrozado.

El ascensor disminuyó su velocidad. Alex me cogió de la mano y salimos. Hacía un día claro y su piso era tan blanco que la luz que entraba por los ventanales que lo rodeaban resultaba casi cegadora.

– ¿Cómo puedes tolerarlo? –pregunté.

– Digamos que es una buena forma de despertarse

– Seguro que no falla nunca.

Sonrió

– ¿Has estado alguna vez en París? –preguntó al salir del ascensor.

– Hasta ahora, lo más lejos que he llegado ha sido Manhattan.

– No es mal comienzo. ¿Te gusta la comida francesa?

– Me encanta. A lo largo de la costa de Maine hay algunos restaurantes franceses muy buenos.

– Echo de menos Maine.

– Yo no.

Me miró, pero no dijo nada.

– ¿Me llevarás a algún restaurante francés en Nueva York?

– Si alguno nuevo que merezca la pena abre sus puertas, me encantaría. ¿Qué otro tipo de comida te gusta?

– Me da igual, Jennifer. Con lo poco frecuente que parece que va a ser, pasar la noche contigo es lo que me importa.

Me apretó la mano con más fuerza, pero no pude evitar perderme en lo que acababa de decir. Por mi reciente trabajo y por su horario tan poco convencional, nuestras vidas no parecían hechas para compartir mucho tiempo juntos. Lo que había percibido en él antes lo veía claramente ahora. No estar juntos iba a ser difícil para él, posiblemente porque su mujer, que seguramente no trabajaría, había estado siempre disponible. Y si era sincera conmigo misma, iba a ser difícil también para mí. Así que, ¿cuál era nuestra situación? ¿Cómo la realidad de nuestras vidas diarias repercutiría en lo que era sólo una relación incipiente? Hasta ese punto, ¡todo parecía tan frágil! Como si estuviéramos pisando sobre cristales. Dejarlo ahora sería difícil, pero no tanto como si dejáramos pasar meses. Si invirtiéramos mucho tiempo el uno en el otro, me destrozaría el corazón que finalmente decidiéramos no continuar por un mero conflicto de horarios. Pero cada uno tenía que vivir su propia vida. Él no tenía que preocuparse de dónde vendría la siguiente comida o el alquiler del mes, pero yo sí. Así que, ¿qué sería más poderoso, la posibilidad de un amor verdadero o el trabajo? Tenía la impresión de que con demasiada frecuencia en esta ciudad, con mucho la más agresiva y desafiante de todas las ciudades, lo era el trabajo y eso me entristecía.

– ¿Qué te parece una tortilla francesa con estragón, sal, y pimienta, espárragos asados y un poco de queso parmesano por encima? ¿Zumo de naranja natural, obviamente, y un croissant y un buen café?

– ¿Estás seguro que no lo has encargado de antemano?

– A excepción del croissant, estoy segurísimo. Ya lo verás.

– Suena delicioso, ¿pero tienes tiempo de hacer todo eso?

– Es más rápido de lo que parece. Por eso me encanta la comida francesa. Algunas cosas llevan tiempo, pero en su mayoría es bastante simple. No usan muchos ingredientes. Todo está en la preparación y en la ejecución. En este caso, se cocinan los huevos a fuego lento. La proteína debe ser cocinada a baja temperatura para que esté más jugosa. Cuando era niño, nuestra cocinera, Michelle, que era francesa, me enseñó mucho. Para escaparme de mi madre, algo que hacía con frecuencia, pero no voy a aburrirte con detalles, pasaba mucho tiempo con Michelle en la cocina. Disfrutaba con ella porque era cariñosa conmigo, me quería mucho, y porque podía refugiarme allí. Era una chef impresionante. A veces pienso que influyó más en mí que mi propia madre. Era dulce, amable, pero firme cuando había que serlo. *Así no, Alex. Así. Presta atención. Eso es mucho. ¿Por qué torturas la comida así? Hay que amarla. Acariciarla. No es difícil, mon chéri. Trátala como a una mujer. Ya verás. Así, muy bien. Justo así.*

¿Por qué necesitaba esconderse de su madre?

– Me encantaría conocer a Michelle. ¿Aún vive?

– Sí, pero está en una residencia de ancianos. Tiene parkinson. Ya no me reconoce, pero aún así la visito tanto como puedo. Me gusta estar a su lado. Ojalá estuviera lo suficientemente bien como para conocerte, pero en su estado es imposible.

Su garganta se había congestionado mientras hablaba, pero se la aclaró con rapidez. Donde quiera que estuviese, estaba segura que estaba cuidando de ella.

– Vamos a la cocina. Sentémonos en la barra. Tú eres la adicta a las finanzas. Lee el periódico mientras yo termino.

– ¿Puedo ayudarte?

– De ninguna manera. Tú eres mi invitada –dijo, arqueando las cejas mientras me miraba–. Quizás algún día seas tú quien me haga el desayuno.

– Ni a Shakespeare se le hubiera ocurrido tal tragedia.

Negó con la cabeza, con recriminación, pero con afecto.

– No te creo.

– Puedo preparar gofres congelados y tostadas. Y café. Café sí que puedo.

– ¿No cocinas nunca?

– No a tu nivel, y definitivamente no a la francesa. Pero soy una buena cocinera casera. Puedo cocinar como mi abuela me cocinaba. De forma rudimentaria, pero deliciosa, si te gusta ese tipo de comida. Hago una tarta de manzana de morirse. Y también sé cómo asar un buen filete. Aparte de eso, el pollo asado con verduras lo hago con los ojos cerrados. Todo eso puedo hacer.

– Recuerdo las comidas con mis amigos de la infancia, en Maine, durante los veranos. Sin pretensiones. Todo me sabía delicioso.

– *Eso* sí puedo hacer por ti, Alex.

– Cuando empiece a hacer frío, ¿podrías hacerme un estofado de ternera?

– Pues claro. Y una sopa de pollo que alucinas. Y por supuesto pescado. Cualquier tipo de pescado. Y siempre va a estar jugoso, por la misma razón que lo estará esa tortilla que vas a hacer. A fuego lento, muy lento. Ah, y también se hacer unos macarrones con queso, champiñones, langosta y espinacas que no olvidarás en tu vida. Y aún me queda alguna cosa en la manga. Simplemente, nada refinado como lo tuyo.

– Me alegro que hayas venido, Jennifer.

Fuimos a la cocina. Un espacio enorme lleno de electrodomésticos de alta tecnología, una barra de desayuno con cómodos taburetes, con muchos puntos de luz estratégicamente distribuidos y con aroma a café recién hecho.

— ¿Quieres una taza?

— La necesito.

— ¿Leche? ¿Azúcar?

— Los dos, por favor.

Los puso en una bandeja y me sirvió el café en un tazón blanco de desayuno.

— Sírvete tú misma.

Eché mano del azúcar y la leche sin recato. Él me observó con una sonrisa. El café estaba delicioso. Después de no haber dormido apenas la noche anterior, lo agradecí.

Sabía la gran suerte que tenía por tenerlo. Vi cómo se desenvolvía en la cocina, sin duda le gustaba. Sabía exactamente dónde estaba cada cosa. Lo observé picar el estragón y batir pausadamente los huevos, con una pizca de nata líquida, en un cuenco de cristal. Aliñó los espárragos con aceite de oliva y sal para asarlos y molió el queso parmesano en el procesador, listo para usarlo. Los *croissants* tenían un aspecto delicioso, fresco, debajo de la cúpula de cristal de la pastelera. A su lado, la mantequilla, cremosa, a temperatura ambiente, seguida de dos platos blancos, cubiertos, servilletas y dos vasos de zumo. El Times a mi derecha.

Lo abrí por la sección de negocios mientras que él cocinaba. Ojeé la página y me sorprendí al ver uno de los titulares: *Wenn con la vista en Kobus Airlines.* Era un breve artículo que detallaba la difícil situación de la aerolínea y cómo su flota podría beneficiar a la exitosa Wenn Air. Cuando le preguntaron si los rumores eran ciertos, Wenn se negó a hacer comentarios, aunque el Times publicó que varias fuentes anónimas habían confirmado que estaba dispuesto a hacer una oferta de compra. Gordon Kobus, el propietario de las aerolíneas, sí hizo comentarios. Lo recordaba del día de la gala en el Museo de Historia Natural mirando a Alex con abierta hostilidad cuando estábamos en la

Rotonda de Theodore Roosevelt. El hombre me dio grima entonces. Sus palabras ahora me daban escalofrío: *Hubo una vez cuando el padre de Alexander Wenn quiso mi aerolínea, pero no pudo quitármela. Tampoco podrá su hijo, que no es ni la mitad del hombre de negocios que fue su padre. No es más que un niño. Puede estar seguro de que no se saldrá con la suya. Me opondré a él y a toda la junta de Wenn Enterprises con todas mis fuerzas si los veo acercarse a Kobus.*

–Eso es una amenaza en toda regla –pensé en voz alta.

Alex puso los espárragos en el horno y me miró.

– Ya veo que has leído la historia.

– ¿Quién la ha filtrado?

Se encogió de hombros.

– Alguien lo hizo. Podría haber sido el propio Kobus –dijo.

– Porque sus acciones subirían con una noticia así.

– Cierto.

– Espero que no viniera de alguien de la casa.

– Nunca lo sabré. La junta apoya la compra, así que no creo que venga de nadie en la Wenn. Creo que Kobus quería hacer subir sus acciones aprovechándose de la prensa. En cuanto a las fuentes anónimas, no tengo ni idea de quién puede ser.

Decidí escarbar un poco.

– Anoche parecías distraído cuando me recogiste. Esta mañana me ha parecido lo mismo cuando te vi. Supongo que es por esto.

– No lo es.

– Entonces, ¿qué es lo que te preocupa?

Buscó un temporizador y lo ajustó para los espárragos.

– Quiero pasar más tiempo contigo, pero ya me doy cuenta que no va a ser fácil. En ocasiones, imposible. Eso me preocupa. Y me frustra porque no le veo solución. Sé que tú tienes tus obligaciones, como yo, pero para que esto funcione, sólo veo una solución. Solución que estoy seguro nunca aceptarías.

– ¿Cuál es?

– Quiero que vuelvas a la Wenn –dijo– tan pronto como puedas y en la capacidad que tú quieras. Te gustan los negocios. Te encantan. Puedo ofrecerte entrar en el mundo de las altas finanzas. Si lo aceptas, tendré la seguridad de que pasaremos mucho tiempo juntos.

Iba a hablar, pero me interrumpió.

– Déjame primero que sirva el desayuno o acabaré con mi reputación de cocinero medio decente, lo que obligaría a Michelle a pedir mi cabeza. Seguimos hablando después de comer. Escucharé lo que tengas que decir, atentamente, pero espero que podamos llegar a algún acuerdo, Jennifer. Siempre he sido resuelto cuando quiero algo. No me tomé a la ligera pedirte que fueras exclusivamente mía. Te lo pedí porque eso es exactamente lo que quería, y sigo queriendo. *Tú* eres a quien quiero. Sé que todo ha ido muy rápido, lo entiendo, pero quizás haya una razón. Me hace sentir bien que estés aquí ahora. Me parece que es así como tiene que ser. Ya lo sé, probablemente esté yendo más deprisa que tú, pero así es como soy. Te estoy siendo sincero. Hablamos después de comer, ¿vale?

La cabeza me daba vueltas y me estaba poniendo en guardia. Me gustaba mi trabajo en db Bistro. Había conseguido ese trabajo por mis propios méritos, algo muy importante para mí. Pero no podía ignorar lo que decía. A mí también me preocupaba lo que no vernos lo suficiente podría hacer a nuestra relación. La afectaría, sin duda. Nos veríamos en contadas ocasiones. No era una ingenua, eso la podría hacer naufragar. Pero no esperaba una oferta de trabajo así y no estaba segura de cómo tomarlo. Aún así, lo menos que podía hacer era oír lo que tenía que decir y pensármelo. Era lo justo.

– Vale –contesté–. Comamos y luego hablamos.

CAPÍTULO CUATRO

– ¿Qué tal los huevos? –preguntó Alex, mirando al plato vacío.

Me limpié los labios con la servilleta y le dirigí una mirada.

– ¿Tienes que preguntármelo?

Me sonrió, mirándome con ojos tiernos.

– Estaban divinos. Todo estaba divino. Michelle te enseñó bien.

Miré el reloj.

– Deberíamos hablar. Son las ocho menos cuarto y tu reunión es a las nueve. ¿En el salón?

– ¿Por qué no? ¿Otra taza de café?

– Por favor. Déjame ayudarte a recoger.

Me había levantado antes de que dijera que no. Apilé los platos, los cubiertos, puse encima los vasos vacíos y con cuidado crucé la barra hasta el friegaplatos. Enjuagué todo mientras que el me servía el café, a mi lado. Pensé en lo que me había dicho antes acerca de cómo lo hacía sentirse mi presencia. Ayudarlo en la cocina me pareció la cosa más natural. Era la cosa más extraña. Hacía sólo unas semanas que lo conocía pero había algo entre nosotros que era innegable. Y confuso. Todo esto me era completamente nuevo y no dejaba de preguntarme si lo que estaba pasando entre nosotros era especial, tan extraordinario como él había insinuado.

Lisa lo sabrá seguramente.

Cuando terminamos en la cocina había una gran tensión entre los dos porque ninguno de los dos sabía qué iría a decirnos el otro. Pero aún así, me dio la mano cuando nos fuimos al salón con nuestro café. Sabiendo que estaba nervioso, le apreté la mano. Nos sentamos en el sofá blanco de piel, pusimos nuestras tazas sobre la mesa de centro. Alex me cogió las piernas y, girándome, las puso sobre las suyas. Me quitó las sandalias y empezó a masajearme los pies.

– Sé que te encanta tu trabajo, Jennifer, y sé lo importante que es para ti que lo consiguieras por ti misma. Tienes motivos para sentirte orgullosa. Yo mismo estoy orgulloso de ti.

No dije nada al principio, sólo lo miraba. Él no me miraba a mi. Tenía la mirada clavada en mis pies, con una expresión sombría en el rostro. Era imposiblemente guapo y considerado, a pesar del más agresivo, dominante, ángulo que había descubierto la noche anterior. No quería que lo nuestro terminara, como tampoco quería echar a peder mi carrera profesional. La Wenn podría ofrecerme oportunidades que nunca tendría en db Bistro. Sin duda. Pero, ¿qué es lo que me quiere proponer? Un poco antes me dijo que lo que yo quisiera. Pero yo quería algo que se relacionase con mis capacidades. No iba a aceptar nada que no fuera así. Si lo hiciera, me arrepentiría. Degradaría todo lo que estaba surgiendo entre nosotros.

– Esa noche con Cyrus –dije–, no disfruté el final de la noche, por ponerlo de alguna manera, pero sí disfruté compartiendo contigo la mejor manera de hacer posible un buen negocio. No quiero parecer arrogante, pero sé que gracias a mí conseguiste ese acuerdo con la Naviera Stavros.

Me miró.

– ¿No crees que lo sé? Fuiste fundamental. Hasta la junta lo sabe. Se lo dije yo.

No lo sabía. Podía haberse dado todo el mérito, pero no lo hizo. Sentí una oleada de afecto hacia él. Pero no dejé que me distrajera y volví a centrarme en mi futuro.

– Si hiciera lo que me propones, lo consideraría un trabajo que he ganado por mí. No quiero que sea simplemente una excusa para que estemos juntos. Quiero ser valorada por mi trabajo, no que estoy allí simplemente porque soy la acompañante asidua de Alexander Wenn.

– La novia.

– Acompañante. Por mucho que me llames tu novia, no lo soy todavía. Aún así, como te prometí anoche, seré exclusivamente tuya. Nunca he tenido una relación antes. Necesito ver cómo todo esto se desenvuelve y que respetes el hecho de que puede llevarme más tiempo que a ti decir esa palabra. Parece que a ti te ha sido fácil.

– Me ha sido fácil. No eres la primera mujer que se ha cruzado en mi camino desde la muerte de mi mujer, Jennifer. Creo que tuviste la oportunidad de comprobar qué pasa cuando salgo. Desde la muerte de Diana no he llamado a nadie mi novia porque no he estado de forma habitual con nadie. Te lo llamo a ti por una razón. Es lo que quiero. Es lo que siento. Esta vez es de verdad.

– Simplemente necesito tiempo, Alex. Necesito que vayamos poco a poco, pero de otra manera. No sólo sexualmente, aunque anoche no me pareciera tan mala idea, como pudiste comprobar cuando salí dándome prácticamente contra las paredes, sino mental y emocionalmente también. ¿Me comprendes? Necesito todo eso antes de poder decir esa palabra.

– Sólo te llevo algo de ventaja. No importa –dijo, levantándome el pie y besándolo antes de volver a masajearlo–. En su momento, llegarás adonde yo estoy.

– Volviendo a aquella noche con Cyrus. Te aconsejé entonces. Te ofrecí una perspectiva que no habías considerado. Creo que has visto que cuando se trata de negocios estoy a la altura. Tengo un buen instinto y buenas ideas. Pienso que trabajar como asesor tuyo sería mi lugar en la Wenn. Quizás ir a actos sociales contigo y conocer a los peces gordos. Durante el día, podríamos vernos en privado y planear el siguiente movimiento. Creo que podría hacerlo bien. Y como el asunto con Stavros hará ganar cientos de millones a la Wenn, creo que me lo he ganado. Lo que es mejor aún, no me sentiría como si estuvieran dándome cualquier cosa para que podamos estar juntos. Lo que me importa es trabajar donde me sienta valorada por mi esfuerzo y mis aportaciones ¿Qué te parece la idea?

– ¿Te gustaría ser mi asesora? –preguntó.

– Creo que sería perfecto. Estoy segura de que juntos podríamos hacer un buen trabajo.

– Si te ofreciera el trabajo ahora mismo, ¿lo aceptarías?

– Tendríamos que discutir mi salario primero. Una cantidad razonable.

– ¿Qué cantidad estás pensando?

– No he pensado en ninguna. Hasta ahora, esto no ha sido más que pensar en voz alta. Esperaba desayunar, no esta conversación.

– ¿Cuánto vale tu trabajo, Jennifer? No te subestimes. Dime cuánto vales.

Lo pensé por un momento. Sabía lo que otros en esa posición ganaban. A veces, una cantidad desmedida, de siete cifras. Pero yo sólo tenía veinticinco años, así que tenía que reducirla apropiadamente sin vender barato lo que ya había conseguido para la Wenn ni a mí misma.

– Considerando que estoy al comienzo de mi carrera y lo que ya he hecho por ti, 500.000 al año, con primas por cada logro relevante.

– ¿Medio millón?

– Correcto.

– Pensé que ibas a pedirme más.

– Quiero trabajar por un salario justo. Aconsejar al director ejecutivo de una gran corporación por esa cantidad es razonable en esta ciudad, especialmente considerando mi edad y mi experiencia. No voy a usar nuestra relación para inflar mi salario. No sería ético.

– ¿Lo ves? Esta es una de las razones por las que quiero estar contigo. Una de las muchas. Otras hubieran pedido mucho más. Otras tampoco me hubieran devuelto las joyas y los vestidos.

– No soy las otras.

– Ya lo sé. ¿Vas a aceptar el trabajo?

– Necesito hablarlo con Lisa. Lo comparto todo con ella. Ella es mi asesora. Si lo acepto, necesitaré dos semanas de aviso en el restaurante. No voy a dejar colgado a Stephen. Tanto él como el resto del personal se han portado muy bien conmigo.

– Es más que justo. ¿Cuándo crees que tendrás una respuesta definitiva?

– Una vez que hable con Lisa. A lo mejor, para esta noche. Si no hoy, mañana en cualquier momento. Creo que voy a tener que consultarlo con la almohada.

– Me parece bien.

– Gracias.

Y con eso, me recostó en el sofá y me sostuvo la cara entre las manos, el deseo titilando en sus ojos. Entró a matar. Treinta minutos más tarde estaba tan agotada que apenas podía moverme. Me dio un último beso y se apresuró hacia el dormitorio para ponerse uno de sus trajes de chaqueta.

Después de que se cambió, salió del dormitorio y se dirigió hacia mí.

– Quiero darte algo –dijo.

Deliraba. Miré lo que tenía en la mano. Parecía una tarjeta de crédito.

– ¿Qué es eso?

– Una llave del piso.

– ¿No es un poco pronto?

–Jennifer, aunque no aceptes el trabajo y tengamos que buscar otra manera de hacer que esto funcione, si estás en los alrededores y necesitas un lugar donde recargar las pilas, aún si yo no estoy en casa, quiero que sepas que lo puedes hacer aquí. No tiene la mayor importancia. Ya se lo he dicho a los de seguridad. Saben tu nombre. No tienes más que decirles hola, pasar por delante de ellos y usar el piso como si fuera tuyo, porque es tuyo. Todo entero. Cualquier cosa que necesites, sólo tienes que llamar al portero y lo tendrás de inmediato. No hay nada que no puedan darte, así que pide lo que quieras. ¿De acuerdo?

– Alex ....

– Jennifer, como sea, haremos que esto salga adelante.

– De acuerdo, entonces –dije mientras me sentaba a admirarlo–. Me encanta cómo te sienta el traje.

– Ya me lo habías dicho. ¿Por qué?

– Porque estás muy guapo. Hasta con la corbata torcida, como ahora.

Me levanté y la coloqué en su sitio. Estaba tan cerca de él que podía oler ese maldito perfume suyo, tan sutil y sensual. Nunca olía demasiado. Sabía cuándo usarlo y cuánto ponerse. El perfume debe ser una experiencia íntima, ser parte de la esencia de uno, algo que otro sólo puede oler si los dos están muy próximos. Lo besé en los labios y le di las gracias por el desayuno.

– Llámame para lo que necesites –dijo–. Habla con Lisa. A ver qué le parece. Si es tan íntima amiga tuya me gustaría conocerla cuanto antes. Los tres podríamos cenar juntos hoy. Aquí. Cocino yo.

– No tienes que molestarte tanto. Podemos ir fuera a cenar.

– Preferiría hacerlo aquí, si no te importa. Cocinar me relaja. En serio. Es lo que aprendí de Michelle. *En la cocina, puedes llegar a ser un artista*, solía decirme. *Y cuando lo consigas, te perderás en ella y olvidarás todos tus problemas.*

– ¿Eso te decía de niño?

– Sí. Eso me decía.

– ¿Qué problemas?

Lo pensó un momento.

– No tuve una niñez de las más felices –contestó–. Michelle se daba cuenta. Me tomó bajo su ala en todo momento. Creo que me protegió de muchas cosas.

– ¿De qué? ¿Tu madre? La nombraste antes, cuando me hablaste de Michelle.

– Sí, de mi madre. Y con frecuencia de mi padre también. Pero no hablemos de eso ahora. En otro momento, ¿te parece?

– Claro.

– Cuando Lisa venga, tomaremos una copa de vino antes y... finalmente conoceré a tu mejor amiga. Es importante para mí. Toda la gente que te rodea me importa. Dime qué quieres cenar y lo haré.

– Lisa es una *gourmet*.

– Así que esto va a ser una prueba de fuego.

– Para ella sí.

– No tengo miedo.

– Deberías –dije.

– Lo que debería hacer es darme prisa.

– Que tengas una buena reunión.

Me dio un último beso y se dirigió al ascensor.

– Tú, mi asesora –dijo desde el interior del mismo–. Me gusta la idea. Y creo que necesito una. Gracias por considerar la oferta.

Se cerraron las puertas y me dejó a solas.

CAPÍTULO CINCO

– Me han ofrecido un trabajo en la Wenn –dije nada más entrar en el apartamento. Lisa estaba en el sofá. Delante de ella, sobre la mesa, una pila de páginas manuscritas. Pronto me pediría que lo leyera. Me moría de curiosidad por saber qué había escrito. Estaba contenta por ella y también por mí porque me encantaba lo que escribía. Sus historias me ponían los pelos de punta.

Soltó el bolígrafo sobre la mesa, pero no levantó la cabeza para mirarme.

– ¿Qué te han ofrecido qué?

– Un trabajo en la Wenn.

– ¿Qué hora es?

– Las diez pasadas, ¿por qué?

– Mimosas –dijo–. Dos. *Tout suite.* Quiero saberlo todo.

– Sé que nos queda champán. Pero, ¿tenemos zumo de naranja?

– Compré un cartón ayer. Estamos cubiertas.

– Siempre estás en todo –dije– ¿Cómo de fuerte?

– No demasiado champán. Sólo para darle gusto. Tengo por delante un día de correcciones y necesito tener la cabeza despejada. Pero ahora, por una hora más o menos, vamos a tener una pequeña conversación.

– Puedes estar segura.

Preparé las bebidas en sendas copas de tulipán. Le di una a ella.

– ¡Qué color tan bonito! –exclamó, admirando el líquido a través del cristal.

– Quizás a tus zombies les gustara más si el zumo viniera de una naranja roja.

– A veces pienso que tú deberías ser la escritora, Jennifer. Te voy a robar la idea.

– De mi boca, puedes tomar lo que quieras.

– Considerando adónde la dirección que empiezan a tomar tus labios, suena un poco escabroso.

– Eres imposible.

Me senté enfrente de ella. El aire acondicionado zumbaba a mis espaldas. Aunque estábamos a principios del mes de septiembre aún hacía calor en el cuarto piso de aquella mazmorra. El aire frío se sentía como el paraíso. Recordé los meses anteriores, cuando recién llegamos a Manhattan, y del infierno que pasamos durante el verano porque no podíamos permitirnos un aparato de aire acondicionado. Fue horrible, pero conseguimos sobrellevarlo, al igual que habíamos sobrellevado tantas otras cosas juntas.

– Desembucha.

Le conté todo acerca de mi desayuno con Alex, la conversación que siguió y la oferta de trabajo que ahora tenía que considerar.

– ¿Cuál es tu opinión? –pregunté.

– Sabía que esto iba a pasar, pero lo que no me imaginaba es lo de los 500.000 dólares. ¿Lo del trabajo fue idea tuya y tú negociaste el sueldo?

– Sí, pero no lo llamaría una negociación. Él estuvo de acuerdo desde el principio. Podría haberle pedido un millón y me lo hubiera dado. Pero sería demasiado dinero. Creo que medio millón es lo que valgo. Considerando lo que ya he hecho por la Wenn con lo de la Naviera Stavros y, especialmente, lo que los asesores ganan en estas empresas y en esta ciudad. Nunca me aprovecharía de él y sé que puedo hacer el trabajo.

– Serán muchas las expectativas con ese tipo de sueldo.

– No me importa.

Me sonrió, y aunque sabía que se alegraba por mí, había algo en su sonrisa que parecía tristeza.

– ¿Qué estás pensando hacer entonces?

– Realmente me gusta mi trabajo en el restaurante.

– Lo sé.

– Y sabes lo que pienso de Stephen. No ha podido ser mejor conmigo. Pero vine aquí en busca de algo más. Espero que esto no me haga parecer desagradecida, porque no lo soy. Él y el Sr. Boulud me dieron una magnífica oportunidad. De hecho, aparte de la Wenn, son los únicos que me han dado una oportunidad. Lo que han hecho por mí significa mucho.

– No es que ellos no ganaran nada contigo, a pesar del poco tiempo que puedas haber estado con ellos. Y tu sueño no fue nunca dirigir un restaurante, Jennifer.

– No, no lo era. Pero si los dejo, me sentiría mal.

– Me dijiste que tu trabajo con ellos es muy codiciado.

– Así es.

– Entonces, ¿no crees que encontrarán un sustituto más temprano que tarde?

No lo había pensado. Sabía que podrían. db Bistro estaba entre los mejores restaurantes de la ciudad. Por supuesto que encontrarían a alguien rápidamente, probablemente a alguien de dentro. O quizás a alguien de un competidor. Pagaban bien y si uno quería estar en el negocio, contar con db Bistro en el curriculum era muy atractivo.

– ¿Qué les debes realmente? Tú has hecho tu trabajo. No firmaste un contrato por un tiempo específico. Tú has actuado profesionalmente y hecho todo lo que te han pedido. A la gente le caen ofertas todos los días. ¿Podrían pagarte 500.000? No lo creo. Cualquiera se lanzaría a aceptar la propuesta que te han hecho. Pregúntate esto, ¿crees que Stephen dejaría el restaurante por una cantidad así?

– No lo sé.

– ¿De verdad? ¿Aunque significara mayor prestigio profesional?

– Puede que sí.

– ¿Cuánto crees que gana?

– Me informé antes de acudir a ellos. Para un buen restaurante como db, un director general puede ganar hasta 200.000.

– ¿Y Stephen no se iría si le ofrecieran 300.000 más en otro sitio? Venga ya, Jennifer. No seas boba. Estamos hablando de negocios. Nada que ver con lo personal.

– Lo siento como algo personal.

– Pues no deberías. Pero es cosa tuya. Déjame preguntarte lo más importante. ¿Es esto algo que te gustaría intentar con la Wenn?

Me encogí de hombros.

– Trabajar en la Wenn me permitiría dos cosas. En primer lugar, es el trabajo de mis sueños. Podría llegar a ser la yonqui de los negocios que quiero ser y ofrecer a la compañía ideas y estrategias. Eso me estimula. Alex lo haría posible. Él me escucharía. Me toma en serio. En segundo lugar, podría estar al lado de Alex, que también es importante para mí. Para que podamos dar vía libre a nuestra relación, Lisa, necesito poder pasar tiempo con él.

– Lo entiendo. No va a funcionar de otra manera.

Esta vez, me pareció ver un leve indicio de preocupación en su rostro.

– ¿Qué estás pensando? –pregunté.

– Nada –me respondió.

– Venga, Lisa. Sé sincera conmigo. Nos conocemos una a otra mejor que a nosotras mismas.

Levantó los ojos, los tenía llenos de lágrimas.

– Me temo que voy a perderte –me dijo.

– ¿De qué estás hablando?

– Jennifer, si aceptas este trabajo, y creo que deberías hacerlo, estarás ganando medio millón al año. No puedo equipararme a eso. Vas a querer vivir en otro sitio. Vas a largarte de aquí con la mayor prontitud posible. Siento que esto suene egoísta, pero voy a echarte muchísimo de menos cuando te vayas.

– ¿Y quién te ha dicho que tú no te vienes conmigo?

– Jennifer, por favor. En nada de tiempo tendrás novio oficial. Tienes lo que tanto luchabas por tener, un trabajo muy bien pagado haciendo lo que te gusta hacer. *Si* es que lo quieres, y yo sé que lo quieres. Yo escribo historias de zombis, por el amor de Dios. Sobrevivo, pero estoy muy por debajo de tu listón ahora. Ni comparación

– Y cuando yo estaba en las últimas, ¿quién me apoyó? Tú, una y otra vez. Durante ese tiempo yo tenía tus mismas preocupaciones. Pensaba que si tu nuevo libro era un éxito, algo que le pedía a Dios, me dejarías porque yo no podría permitirme tu nuevo estilo de vida. ¿Y quién en su sano juicio se quedaría en este agujero más de lo necesario? Me preocupaba que tuvieras otro éxito de ventas y quisieras un sitio mejor. Quizás para ti sola.

– Sabes que nunca te haría eso.

– ¿Y piensas que yo te lo haría a ti? ¿De verdad? ¿Cuál es la diferencia?

Eso la calló.

– Somos un equipo –le dije–. Lo somos desde que éramos niñas. ¿Crees realmente que te iba a dejar detrás por algo así? Quiero que disfrutes esto conmigo. Voy a aceptar el trabajo, vamos a irnos de este agujero y vamos a encontrar un apartamento de muerte donde podamos vivir juntas. Dos dormitorios de ensueño. Dos baños de ensueño. Nos lo podemos permitir ahora.

– Creo que estás siendo ingenua.

– ¿Por qué?

– Porque él va a querer estar contigo en tu apartamento. Es lo natural. Va a querer pasar tiempo juntos en *tu* propio espacio, no en el *nuestro*. Y cuando te des completamente a él, algo que va a pasar también, querrá pasar la noche contigo, a solas, no conmigo. ¿No lo entiendes?

– Tú eres mi familia –dije–. Lo has sido desde quinto de primaria. Alex tiene un piso precioso. Cuando queramos estar solos, iremos allí. Alguna vez que otra, nos veremos en nuestro apartamento y cenaremos los tres juntos. Por cierto, quiere cocinar para ti.

Arrugó la nariz.

– Es lo que me dijo hacer una hora más o menos –continué–. Quiere empezar a tratarte. Quiere hacer de cenar para las dos. Sabe lo importante que eres para mí y creo que instintivamente sabe que nunca nadie se interpondrá entre nosotras. Si Alex y yo queremos estar solos, ¿cuál es el problema? Él tiene una casa para eso. No hace falta ser un genio. No es algo que tenga que preocuparte, así que no lo hagas. Sin pestañear, lo dejaría a él y al trabajo antes que a ti. Y no creas que no lo digo en serio. Tú lo eres todo para mí. Lo sabes.

– No quiero que mis zombies y yo te detengamos.

– Tus zombies van a cambiarte la vida después de este libro. Y del siguiente. No te hagas la desentendida. Estás ya encaminada.

– Jennifer, he podido marcar un gol la primera vez, pero nada está asegurado. Puedo fracasar la segunda. Eso sucede. De hecho, han pasado cuatro meses desde que salió el primer libro, así que no es seguro que se repita el éxito. Los lectores de libros electrónicos quieren un libro al mes de sus escritores y eso es casi imposible para cualquiera, a menos que escribas una mierda o una novelita corta. A los lectores les gustó el primer libro. El libro fue un éxito de ventas. Pero los *fans* quieren el siguiente libro ya, no la semana que viene. En mi página de Facebook, los *fans* se están preguntando cuándo va a salir mi próxima novela. Y digo novela, no novelita. ¿Quién puede hacer eso en unos pocos meses? Yo no. Es un margen de tiempo irracional si quieren que el libro sea bueno, que es lo que quieren. Les agradezco su entusiasmo, pero seamos realistas. Escribir un libro toma tiempo. Aún así, lo quieren ayer. Y si no lo tienen para ayer, se van en busca de otro autor que sea más prolífico que yo. Lo he visto muchas veces. He visto hundirse a muchos. Quizás debería dividir este libro en una serie de relatos cortos. Quizás eso los calme. No tengo ni idea. Pero creo que eso sería engañarlos, así que no lo haré. Y tampoco quiero ser una carga para ti a cuenta de mi dilema.

– No lo eres. Mañana aceptaré el trabajo. Les daré mis dos semanas de aviso a db Bistro y, luego, buscaremos un apartamento juntas. Tú y yo. Algo mejor que este tugurio. Nos lo merecemos. Nos merecemos el premio de tener un apartamento de verdad, y lo encontraremos. Pero no haré nada sin ti. ¿Me oyes? Nada sin ti. No aceptaré nada si no estás conmigo. Tanto significas para mí. ¿Vale?

Echó la cabeza hacia atrás, apoyándola en el sofá, y suspiró.

– Jennifer ...

– ¿Vale?

– No creo que ...

– ¿Vale?

– Vale –dijo–. De acuerdo.

– Tú lo eres todo para mí.

– No creo que lo vaya a ser para Alex. Creo que voy a estar siempre en el medio.

– Él no es así. Entenderá la situación.

– Te quiero, Jennifer. Y estoy más que feliz por ti. Pero no creo que sepas en lo que te estás metiendo.

– ¿Qué quieres decir?

– Ya lo veremos. Y de corazón espero que esté equivocada.

CAPÍTULO SEIS

Por la noche, cuando comuniqué mi decisión en db Bistro, Stephen me abrazó y me deseó lo mejor.

– Ya sabía que no podría tenerte por mucho tiempo –me dijo–. No alguien como tú. Sólo deseo que hubiera sido por un poco más porque te echaré de menos. Pero tienes que perseguir tus sueños, Jennifer. Sobreviviremos, así que deja esa cara de culpa. ¿Vale?

No podía haber deseado mejor forma de irme. A la mañana siguiente, le dije a Alex que aceptaba el trabajo.

– Por favor, dime que no me estás tomando el pelo.

– No lo estoy. Pero Lisa y yo tenemos que encontrar un sitio nuevo donde vivir. No es un sitio seguro. Ya lo sabes. Las dos nos sentimos amenazadas viviendo aquí. Necesito que tengas paciencia conmigo hasta que encontremos un sitio. Eso nos va a llevar algún tiempo.

– No necesariamente.

– ¿No?

– La Wenn tiene propiedades por toda la ciudad. Si no te importa, le pediré a Blackwell que te ayude. Las conoce todas, y las conoce bien. Ella misma vive en uno de nuestros edificios. Podríais ser vecinas.

– Muy gracioso.

– No es tan terrible.

– Ya lo sé. De hecho, ahora me cae mejor. Pero creo que otro edificio sería mejor.

– Piénsalo. No es que te vaya a hacer un descuento en la renta. Sé que nunca lo aceptarías. Esta es una manera fácil de escoger lo mejor. Le diré que te llame y lo tramitaremos rápidamente para que tú y Lisa os instaléis. La Wenn siempre paga la mudanza de sus empleados, así que no os costará nada.

– Alex...

– Es un hecho, Jennifer. No te estoy haciendo un favor. Sabrás que otras corporaciones pagan también las mudanzas. No hay gato encerrado.

Claro que lo sabía.

– Como quieras.

– Haciéndolo a través de nosotros, ahora que trabajas para la Wenn, va a ser una transición facilísima para Nueva York. Sin junta de propietarios a la que pedir permisos y sin pérdidas de tiempo. ¿Y sabes por qué?

– ¿Porque eres el dueño de la Wenn?

– Exactamente. Espera a que te llame Blackwell. Te encontrará un sitio magnífico. Y pronto, porque quiero verte pronto.

– Yo también.

– Ya te echo de menos.

– Yo también a ti.

– Ahora le pediré que te haga algunas citas. Te llamará antes de una hora. Te dejaré en paz el tiempo que necesite porque sé que encontrarás algo rápidamente. ¿Puedo llamarte al menos?

– Espero que lo hagas –contesté–. Y *textea* cuando quieras. Voy a necesitarlo para soportar estas dos semanas.

– Es todo lo que quería oír. Hablamos pronto. Nos *texteamos* antes. Y diviértete con Blackwell. Todo lo convierte en un espectáculo digno de Broadway.

Cuando Blackwell llamó una hora más tarde, como Alex había prometido, sonó típicamente tensa.

– Así que ahora es un apartamento –dijo.

– Me temo que sí.

– Y sois dos. ¿Qué queréis?

– Algo amplio. Dos dormitorios. Dos baños. Una terraza. Vistas bonitas. Y una gran cocina. Cualquier otra cosa, un bono de regalo.

– Sin problemas. ¿Cuál es el nombre de tu amiga?

– Lisa Ward.

– ¿A qué se dedica?

– Escribe sobre zombies.

– ¿Escribe sobre qué?

– Los no muertos.

– ¿A quién se le ocurre algo así?

– A Lisa.

– Bueno, al menos los no muertos están delgados. Tirando a esqueléticos, lo cual está bien. Seguro que puedo vestírselos.

– Se lo diré.

– Por favor, no dejes de hacerlo. Te veo en media hora. Prepárate, va a ser un torbellino.

Decidí jugar con ella.

– Espere, tengo una confesión.

– ¿Una qué?

– Una confesión.

– Guárdatela para el confesionario.

– En este caso, tú eres mi confesionario.

– No quiero oírla.

– Tienes que oírla.

– ¿Qué es? Dilo de una vez.

– Ayer me comí una hamburguesa gigantesca y un batido, y antes de acostarme me comí una bolsa entera de patatas fritas. Fue fantástico.

– Nunca me hables así.

– Me encantó. Pensé en usted mientras devoraba. Creo que también te habría encantado.

– Absolutamente no. Ensalada, Jennifer. ¡Pasto!

– He debido poner medio kilo.

– Vas a acabar conmigo, Maine.

COMO DE COSTUMBRE, Blackwell hizo un trabajo impecable y al primer intento, algo que no me sorprendía a estas alturas de nuestra relación. Siempre parecía acertar a la primera. Creo que se sentía orgullosa de ello, los retos la motivaban. Pero vete a saber, podía ser que fuera suerte, aunque empezaba a dudarlo seriamente. Tenía habilidades de las que a mí me quedaba mucho que aprender. Lo que importaba era que siempre me salía al rescate, no sin dejar de reprenderme por mis excesos recientes cuando llegó a recogernos con la limusina.

– No fue un simple exceso –le dije una vez que Lisa y yo subimos a la limusina–. Fue deliberado.

– Si comes porquerías que te van a engordar, ¿cómo voy a poder vestirte para la próxima ocasión? Dime, ¿cómo? Ya es de por sí difícil encontrar un traje de alta costura en el que te quepa el trasero.

– No ha sido un problema hasta ahora.

– Lo será si sigues así.

Miró a Lisa y la inspeccionó con incredulidad.

– Tú eres la que escribe sobre no muertos, supongo.

– La misma –asintió Lisa.

– ¿Y te da para vivir?

– Me da.

– ¡Qué ironía!

Lisa rio.

– ¿Hay algo de malo en escribir acerca de los vivos? –preguntó Blackwell.

– Todo.

– ¿Todo?

Lisa se inclinó hacia ella.

– ¿No le parece que los vivos son un fraude?

– Bueno –dijo Blackwell estirándose la ropa–. No puedo rebatir eso. Especialmente después de mi reciente divorcio. Y tengo que añadir que eres muy guapa, Ward. Mucho. Y delgada. Minúscula. Probablemente usas la ambicionada talla cero. ¿Estás escuchando, Maine? Mira la cinturita que tiene.

– No me interesa.

– Ward, ¿por qué dejas que Jennifer se atiborre de esa manera?

– Yo no la puedo controlar, Sra. Blackwell.

– ¿Quién puede? Es terca como una mula. Me es imposible mantenerla a raya, siempre se la salta. Me sorprende que no se desplace usando lianas.

– ¿Perdón? –dije.

Blackwell me ignoró y miró a Lisa interrogándola.

– ¿Eres rubia natural?

– Lo soy.

– Baja la cabeza.

Lisa me miró con asombro y bajó la cabeza.

– Lo eres. Tan única. Tan escandinava. ¿Eres de origen escandinavo? ¿No? ¿De Maine sin más? Ya veo. Bueno, de todos modos, tengo que admitir que me encanta lo que llevas. Muy *chic*.

– Lo compré en Macy's.

– ¿Dónde? –preguntó horrorizada Blackwell.

– Macy's. Rebajado. Creo que como un 90%, con otro 5% adicional si tenías un cupón, como yo.

– ¿Un cupón?

– Correcto.

– ¿Por qué me siento desfallecer de repente? ¿Lo veis todo borroso como yo? ¿Veis sombras queriendo envolvernos?

Estiró en cuello y nos miró fijamente, amenazadora

– No quiero volver a oír las palabras Macy's o cupón. ¿Entendido? Cristo bendito. Aparentemente, os tengo que enseñar absolutamente todo. Hay cosas que simplemente uno no menciona delante de mí o de nadie más en esta ciudad. Se morirían del susto. De momento, yo ya necesito algo para mi acidez. Va a ser un día de órdago, me lo veo venir.

– Lo siento, Sra. Blackwell –dije.

– Ya te he dicho que me llames Bárbara.

– Prefiero llamarla Sra. Blackwell.

– Muy bien –dijo–. Quiero decir que te entiendo. No te culpo. Después de todo es lo que parece que me cuadra mejor.

– ¿DÓNDE QUERÉIS VIVIR? –preguntó instantes después, aún esperando en el coche.

– Cerca de la Wenn.

– Es lo más inteligente que has dicho hoy ¿En Upper East Side?

– Sería perfecto.

– ¿Dónde?

– ¿En la Quinta?

– ¿En serio, Maine? ¿En la Quinta?

– Así es.

– Claro, ¿quién no quiere vivir en la Quinta? Tienes suerte. Tengo un sitio allí. Precioso. Y con tu sueldo te lo puedes permitir. Me vas a comer a besos cuando lo veas.

– Ya veremos.

– Oh no, Maine. Me vas a comer todo a besos. Y además me vas a mandar flores por tener el privilegio de hacerlo. Hasta puede que me invites a cenar, aunque, sin duda, no aceptaría.

– ¿Y por qué?

– Porque probablemente me pondrías algo de McDonald. O me forzarías a comer pizza o un surtido de comida basura. Ya sabes que no apruebo el comer. Nunca.

– ¡Por favor!

– Tú misma. Todo lo que uno necesita es café solo, agua, hielo y un complejo vitamínico al día. Espera y verás lo que os tengo preparado a las dos.

Se inclinó para hablar con el conductor.

– Al número 800 de la Quinta Avenida. Inmediatamente.

– ¿Crees que tendrá vistas de Central Park? –me preguntó Lisa.

Me encogí de hombros.

– ¿Las tiene Sra. Blackwell.

– ¿Tiene qué?

– ¿Tiene vistas del parque?

Imperiosa, levantó la barbilla y miró por la ventana a su derecha.

– Vistas del parque. ¿De verdad crees que te daría algo sin vistas al parque? ¿Tan mal concepto tienes de mí? ¿Crees que no tengo vista? ¿Sentido común? ¿Un puñetero corazón? Por supuesto que tiene vistas al parque. Y mucho más que eso. Espera y verás.

CUANDO LLEGAMOS AL 800 de la Quinta Avenida, el conductor se arrimó a la acera y un conserje se apresuró a abrir la puerta a Blackwell. Salimos las tres y nos vimos en la concurrida acera de la avenida. Antes de entrar en el edificio, Blackwell nos hizo girar para ver el otro lado de la calle.

– Ahí tenéis el parque.

Nos volvimos otra vez hacia el edificio.

– El apartamento está en el ático. El de la izquierda. ¿Lo podéis ver? Probablemente no. Demasiada luz. Es el piso treinta y cuatro. Espléndido.

– ¿El ático? –repitió Lisa.

– Así es. El ático.

– Verdaderamente estamos subiendo de categoría.

Le sonreí y continué la frase con la melodía de una vieja serie de televisión.

– Hasta un apartamento de lujo en las nubes.

– ¿Qué es eso? –preguntó Blackwell.

– Nada –dijo Lisa.

– Lo siento –dije, ofreciendo una explicación–. Es sólo un pedazo de nostalgia.

– ¿Nostalgia? ¿Qué es eso?

– Algo sin importancia.

– Está bien. Entremos y echemos un vistazo. ¿Os parece? Lleva sólo dos días desocupado. Tenéis suerte. Si os gusta, lo reservamos ya mismo, sin pérdida de tiempo. Este apartamento es muy codiciado. Para mañana por la tarde no estará disponible.

Nos dirigió hacia un vestíbulo gigantesco, muy bien amueblado y con mucha luz natural, y con una hombre de aspecto amigable detrás del mostrador, a nuestra derecha.

– Sra. Blackwell –saludó.

Blackwell se dirigió a él con determinación.

–James, James, James. Querido James. Me alegro de verte. ¿Cómostás?

–Blackwell siempre saludaba así– ¿Somos los primeros?

– Me temo que no.

– ¿Ha habido alguna oferta?

– No sabría decirle. Pero por la expresión de la pareja cuando los vi salir con su agente, hace una hora, algo me dice que van a hacer una.

– ¿Esa expresión tenían, eh?

– Sí.

– Con un saltito de alegría a cada paso, seguramente.

– Definitivamente había saltitos.

– Y ese odioso rictus en la cara de *no puedo creer que hayamos tenido la suerte de encontrar un sitio tan ideal.*

– Efectivamente, esa era la expresión.

– ¡Mierda!

El hombre le dio una llave.

– Quizás si se mueven con rapidez.

– Faltaría más. Por favor, llame a gerencia. No hagan nada hasta que hayamos visto el apartamento. No acepten ninguna oferta. De mi parte y de parte del Sr. Wenn.

– Como ordene, Sra. Blackwell.

Se dirigió a nosotras

– Al ascensor, ya. Tenemos una misión.

CUANDO LLEGAMOS A LA planta 34, fuimos a nuestra derecha hasta el final de un largo pasillo donde había una puerta con el número

34F. Blackwell no desperdició el tiempo. Abrió la cerradura, empujó la puerta y nos hizo entrar.

– Cuanto antes. Venga.

Entramos y nos pareció glorioso. Un aseo a nuestra izquierda con un armario empotrado al lado. Suelos de cerámica, preciosos. A la izquierda estaba el salón, con las vistas más asombrosas del parque desde el gran ventanal corrido. Al otro lado del recibidor había una oficina o un comedor, como quisiéramos. Quizás un comedor. Seguimos a Blackwell, que nos iba señalando esto y aquello, pero todo lo que Lisa y yo podíamos hacer era mirarnos una a la otra con total descreimiento. El espacio era gigantesco. Dos dormitorios enormes, cada uno con su propio baño de mármol. Una cocina profesional con encimera de granito y sofisticados electrodomésticos en acero inoxidable. Con ventanas por todas partes que inundaban de luz cada uno de los espacios.

– Lo quiero –exclamé–. ¿Lisa?

– Es fantástico.

– Pues claro – dijo Blackwell–. Al menos las dos tenéis el buen gusto de reconocer un buen diseño a simple vista.

– ¿Cuánto al mes?

– Diez mil.

– ¿Diez mil? –repitió Lisa, completamente desmadejada–. ¡Oh!

– Nos lo quedamos –dije–. Desde ya mismo. Por favor, asegúrese de que todas las demás ofertas lleguen tarde y de que este ático sea nuestro.

La Sra. Blackwell me miró a los ojos con complicidad y satisfacción.

– ¿No te gustaría ver nada más?

– ¿Para qué? Este es perfecto.

– A veces llegas a gustarme, Maine.

– A veces es mutuo, Sra. Blackwell –dije. Y cuando lo dije, las dos intentamos reprimir una sonrisa.

EN EL ASCENSOR, LE envié un texto a Alex.

– Encontramos apartamento. Es fantástico. Un ático en el número 800 de la Quinta. Ya te cuento. Besos.

Al instante recibí su respuesta.

– Me alegro por ti y por Lisa. Buen sitio. Ojalá pueda recogerte esta noche del trabajo. Hablamos luego. Te echo de menos. Mucho.

Sonreí al teléfono y levanté la vista. Las dos mujeres me miraban sin pestañear.

– ¿Qué? –dije.

– ¡Todo esto es tan inapropiado!

– ¿Qué es inapropiado?

– Esa cara de felicidad. Acabo de finalizar un divorcio de tres pares de narices y te tengo delante sonriéndole a un teléfono con ojos de cordero. Me dan ganas de vomitar.

– ¿Quiere que comparta la información con Alex?

– Se lo puedes dar con cuchara. Él sabe todo lo de mi divorcio. También sabe como soy... Y me adora a pesar de todo.

– De hecho, yo también.

– ¡Maine, por favor!

– Se hace la dura. En el fondo es una madre.

– Soy como la sosa cáustica. Si tengo que comerte viva, lo hago.

– Como mis zombies –añadió Lisa.

– ¿Tus qué?

– Ya sabe. Los no muertos de los que escribo.

– Por Dios, ¿adónde vamos a ir a parar?

El ascensor empezó a ralentizar su descenso.

– En fin. Me obligan, Maine. Ni te imaginas con quién te la das –dijo retirándose un mechón de pelo de la cara y mirando al indicador del ascensor, que nos dejaba en ese momento en el vestíbulo–. Aunque no me disgustan nuestras salidas. Son ... ¿cómo te diría? ¿Divertidas? Nunca uso esa palabra. No, demasiado categórica. ¿Entretenidas? Sí, mejor. Entretenidas.

– Cuánto me alegro –le contesté–. ¿Qué le parece si firmamos todo el papeleo y comemos algo? Está pidiendo a gritos una hamburguesa.

– Mejor una ensalada –concedió–. Con una gotita de vinagre. Eso sí. De hecho, conozco el lugar perfecto. Invito yo, en premio a que ninguna de las dos fuisteis del todo irritante hoy.

Al pasar por delante de James en el vestíbulo, se dirigió a él.

– De nuevo ocupado. Le presento a sus dos nuevas inquilinas. Jennifer Kent y Lisa Ward. Se mudarán inmediatamente. Todo estará listo para esta noche. Ciao, James. Mi muy querido James. Ciao. Ciao. Ciao. Nos vamos a buscar pasto.

CAPÍTULO SIETE

Cuando salí del trabajo aquella noche me pareció extraño y solitario no encontrar a Alex esperándome. Arrimada a la acera, su limusina me esperaba. El chófer salió para abrirme la puerta. Alex me había dicho que lo enviaría para asegurarse de que llegaba sana y salva a casa. Y ahí estaba, como prometió, mi escolta a casa.

¿Pero quería realmente ir a casa?

Un pensamiento se me pasó por la cabeza entrando en la limusina. Cuando el conductor estuvo de vuelta en su asiento le pedí que me llevara a la Wenn.

– ¿A Wenn Enterprises? –preguntó.

– Por favor –le dije–. Sé que Alex no estará allí, pero no importa.

– A la orden.

No importaba porque llevaba en el bolso la llave que Alex me había dado de su casa, algo de lo que el hombre estaba informado, sin duda. Acto seguido, nos pusimos en camino. Cuando llegamos, el conductor abrió la puerta y le pedí por favor que cuando recogiese a Alex no le dijera que yo estaba allí.

– Quiero darle una sorpresa –añadí.

– Guardaré el secreto, Srta. Kent.

Le di las gracias y entré en el edificio. Al entrar, los guardias de seguridad me saludaron por mi nombre. Me acerqué a ellos y les pedí que, cuando llegara, no le dijeran a Alex que yo estaba allí. Me aseguraron que no lo harían.

– Se lo agradezco –dije.

– No hay de qué, Srta. Kent.

– Jennifer –dije–. Llámenme Jennifer.

– Como guste, Srta. Kent.

Les sonreí y fui por detrás del mostrador hasta el ascensor privado de Alex. Deslicé la llave en la ranura, se abrieron las puertas y entré. El ascensor empezó a subir y le envié un mensaje a Lisa para decirle dónde estaba. Cuando llegué al piso de Alex mandé el ascensor para abajo antes de que se cerraran las puertas detrás de mí. Lo oí descender. Alex esperaría encontrárselo abajo, esperándolo, cuando lo llamara con su tarjeta. Si no, sabría que alguien lo había usado y sospecharía algo. No iba a permitir que esto arruinara mi plan.

Encendí la luz y entré en el piso. Le envié un mensaje desde el pasillo.

– Estoy en casa –escribí–. ¿Cuándo crees que estarás en casa para que hablemos? Me gustaría oír tu voz antes de irme a la cama.

Su respuesta sonó en mi teléfono.

– Estaré allí dentro de una hora. No te acuestes todavía. ¿Vale? Yo también quiero hablar contigo antes de irme a dormir.

Tenía una hora. Más que suficiente.

Fui a la cocina, encendí la luz y busqué un par de copas para martinis. Las encontré en uno de los armarios. Las metí en el congelador, saqué una botella helada de Grey Goose y busqué una jarra de cristal cualquiera. Encontré una muy bonita con asa de plata en otro armario. Había también un agitador de plata. El vermut estaba en el frigorífico, al igual que las aceitunas que iba a necesitar más tarde. Por alguna parte encontraría los palillos de plata que él había usado en el martini que nos sirvió la otra noche.

Cuando terminé de llenar la jarra de martinis, la puse en el congelador, miré alrededor y encontré unas servilletas de cóctel y frutos secos en la despensa y un cuenco de plata en otro armario. Llené el cuenco hasta el borde de frutos secos y lo llevé el salón, al igual que las servilletas, y los dejé en la mesa, delante del sofá.

Perfecto.

Me senté en el sofá y contemplé la preciosa silueta de Nueva York, cuando empezaron a asaltarme pensamientos que no debería tener mientras lo esperaba. Para mi sorpresa, cuando sólo habían pasado cuarenta minutos, me envió un texto.

– En el coche. Estoy de camino a casa. Espero que no estés durmiendo. Realmente necesito oír tu voz, Jennifer.

Me hizo sonreír y escribí.

– Estoy despierta, esperándote. ¿Cuánto vas a tardar?

– Cinco minutos.

– Te llamo en diez minutos entonces.

Me levanté inmediatamente del sofá. Serví dos martinis en la copas frías, encontré los palillos para las aceitunas en un cajón con útiles de cocina y llevé las bebidas a la mesa.

Me senté en el sofá y me sobresalté. Tenía las luces encendidas. Estaban apagadas cuando yo llegué. A toda prisa, las apagué, llegué a tientas al sofá, estiré las piernas y los siete centímetros de tacón rojo y escuché el zumbido del ascensor poniéndose en marcha.

Se me fue acelerando el pulso a medida que se acercaba a mí. Llevaba una falda corta, de seda pálida y una blusa camisera de seda del mismo color que mis zapatos. Sin joyas. El pelo suelto, como a él le gustaba. Dejaba ver algo de escote. Buscaba una posición que me hiciera parecer un festín para él, pero no sabía cómo, así que hice un esfuerzo por imitar los anuncios de las revistas de moda que compraba Lisa. Un par de piernas largas, una explosión de senos, un pelo indomable. Me sentía ridícula.

Soy tan inútil cuando se trata de estas cosas. ¿Estás segura? Pareces un travesti. ¡No muy seductora!.

Pero al menos lo intenté.

Le di un sorbo al martini para calmar mis nervios, pero un sorbo no fue suficiente para calmarlos. Aún así, la bebida estaba fría y sabía bien, que era lo que importaba, gracias al toque de vermut y al sabor de las aceitunas. Quería que tuviese una bebida decente esperándolo cuando llegase a casa. Algo que lo relajara.

Cuando se abrieron las puertas del ascensor y oí sus pasos en el ático, contuve la respiración y me estuve completamente quieta. Mientras encendía las luces de la entrada lo oí suspirar. No sabía adónde había ido esa noche, no me lo había dicho y yo no se lo había preguntado. Pero me había dicho que ese evento sería más largo que otros y así fue. Suponía que era importante. Me pregunté si habría podido mantener a las lobas a raya y concentrarse en los negocios. Pronto, cuando fuera su asesora, eso ya no sería un problema. Lo oí acercarse al salón. Me mordí el labio inferior y esperé a que entrara. Encendió la luz y se quedó de piedra al verme. Por un momento sólo nos miramos. No me esperaba, pero al instante le cambió la expresión y dibujó una sonrisa.

– ¿Qué estás haciendo aquí?

– Quería verte. Espero que no te importe.

– ¿Importarme? ¿Por qué crees que te di las llaves? No pensé que iba a verte esta noche. No sabes cuánto me alegro de que estés aquí.

– Quería darte una sorpresa, Sr. Wenn.

– Me la has dado, Srta. Kent. La mejor.

No tardó en acercarse a mí. Me levanté y caí en sus brazos, que me parecieron más cálidos que de costumbre. Me abrazó de forma diferente, como si se sintiera aliviado. Mantuvo la cabeza sobre mi hombro por más tiempo de lo habitual y aspiró hondo mi olor. Sentí su cuerpo relajarse contra el mío. Me eché hacia atrás y lo besé.

– No podía imaginar una sorpresa así –dijo.

– No podía imaginar mejor manera de acabar el día.

Se le habían encendido los ojos por tenerme allí con él.

– Estás más guapa que nunca –dijo en voz baja.

– ¿Se lo dices a todas tus nuevas empleadas?

– Solamente a una.

– Por cierto, debería devolverte el cumplido, pero ya sabes que cuando te veo en esmoquin me derrito.

– Un día de estos tendremos que psicoanalizarte.

– Ya me lo habías dicho, pero ¿para qué? No dejes de usarlo y me harás feliz. Debo tener algún fetiche con los trajes de chaqueta. No importa cuál te pongas. Aunque, más adelante, te preferiré desnudo. ¿Quién sabe? Podría ser ese mi fetiche favorito.

– Jennifer...

Hasta yo me sonrojé con mi comentario. *Más despacio, chica.* Cambié la conversación.

– Te he preparado un martini.

Miró hacia la mesa de centro y vio las dos copas, las servilletas y los frutos secos.

– ¿Tú has preparado todo esto?

– No es muy difícil, ¿sabes? No es para tanto. Pero busqué por toda la cocina. Espero que no te importe.

– Esa cocina es tan tuya como mía. Lo que importa es el detalle. Sé que te has pasado la noche de pie y aún así viniste y preparaste todo esto. Gracias

–me dijo con gran ternura en la voz.

Le toqué la cara y lo besé otra vez. Sólo que esta vez no se detuvo ahí. Era fuerte, más fuerte de lo que parecía, que ya es decir. Me abrazó, arrimándome a su cuerpo como si fuéramos uno, y me besó en los labios, en el cuello y en la concavidad de mi garganta con la misma pasión con la que le respondí. Sentí que se me erizaban los pezones cuando se inclinó sobre mí. Evidentemente, yo no era la única que se había excitado. Sólo sentirlo así contra mis piernas me puso al borde del éxtasis. Lo deseaba tanto..., pero tenía que esperar. Él tenía razón. Lo nuestro tenía que ir creciendo hasta que no pudiéramos contenerlo más.

Pero eso no quería decir que no pudiéramos divertirnos en el camino.

Esa noche, aunque fuera sólo por una hora, nos íbamos a acurrucar abrazados en el sofá, a beber nuestro martini, a disfrutar el uno de la compañía del otro, hablar de cómo nos había ido el día y luego me iría. Sabía que él tenía que levantarse temprano. No quería que estuviese cansado cuando se despertara.

Pero no iba a irme con las manos vacías.

Me senté en el sofá y extendí una pierna.

– ¿Le importaría quitarme el zapato, Sr. Wenn?

Parpadeó con asombro, pero se agachó y lo desabrochó con facilidad. Me masajeó el pie antes de que le extendiera el otro.

– ¿Y este?

– Con mucho gusto, Srta. Kent.

Me liberó del otro zapato. Entonces, inesperadamente, empezó a besarme lo dedos de los pies. Se llevo el dedo pequeño a la boca, rodeándolo con la lengua y chupándolo pausadamente. La sensación fue increíblemente erótica. Me dejé caer en el sofá y le dejé hacer lo quisiera conmigo. Mientras veneraba mi pie con la lengua, su mano derecha subió por la pierna hasta desaparecer debajo de la seda de mi falda. Siguió subiendo hasta las bragas y sus dedos se escurrieron por debajo. Luego, mirándome, supe que había notado la humedad. Retrocedió y bajó todo lo largo de la pierna hasta el pie.

– Quítate la camisa –le pedí, casi sin aliento.

– ¿Y si no quiero?

– Entonces tendrías que esperar más de lo que piensas. Levántate y quítate la camisa.

– ¿Quién tiene el control ahora? –preguntó mientras se ponía en pie.

– Los dos lo tenemos. En igualdad de condiciones.

– Alguien tiene que tomar la iniciativa.

– ¿Acabas de llegar de los años cincuenta? Puedo ser virgen, pero sé lo que quiero. De hecho, por haber esperado tanto, probablemente sepa mejor lo que quiero que muchas mujeres.

– Es probable –dijo. Hizo una pausa–. Quizás necesite ayuda con la chaqueta.

– Prefiero mirar.

– Pero si me ayudaras, podría terminar más rápido.

– No tengo prisa. Tú fuiste el que mandó esa foto tuya. No me la puedo quitar de la cabeza. Es cruel lo que me hiciste. Tengo derecho a verte sin camisa en vivo.

– ¿Qué me dices de la foto que tú mandaste? ¿Eso no fue cruel?

– Eso fue en pago.

Tenía cara de estarse divirtiendo cuando se quitó la chaqueta. La dejó caer sobre un sillón, se quitó los gemelos y los puso sobre la mesa.

– ¿Estás segura? –pregunté.

– Quiero verte.

Y con eso, lentamente, muy lentamente para mi gusto, se quitó la corbata, la tiró a un lado, se desabrochó la camisa y se la quitó. La dejó caer al suelo, con el torso desnudo, delante de mí. Pensé en lo masculino que era, lo musculoso y lo magnífico que era. Mis ojos recorrieron sus enormes pectorales, sus firmes pezones, su torso cincelado. Lo que vi me bastaba para mirarlo durante horas. Quería llevarme esa imagen conmigo.

– ¿Contenta? –preguntó.

– Casi.

– ¿Qué más quieres?

– Esto.

Antes de que pudiera reaccionar, me levanté y le agarré el pecho con las manos. Tenía la piel suave y un ligero vello sobre el pecho. Sentí su corazón golpeándome la mano. Bajé la cabeza y llevé la boca a uno de sus pezones, lo mordisqueé y empujé hasta que no pudo contenerse más. Me rodeó con los brazos y me alejó la cara tirándome del pelo con la suficiente fuerza para que resultara agresivo, algo que decididamente me gustó porque me sentía protegida con él.

– Tienes ganas –dijo.

– Sólo hasta cierto punto.

Me soltó el pelo.

– Quítate la blusa –dijo.

– No.

– Pero es lo justo.

– ¿Por qué no le das un trago a tu martini para que se te pase?

– Quizás después de que te quites la blusa.

Nunca le mostraría mis pechos, al menos de momento, pero, verdaderamente, si me la quitara no estaría mostrando más que si estuviera en bikini. Me pareció que era lo suficientemente seguro, por no decir sexy, y además estaba como una gata en celo.

– ¿Cuánto lo deseas? –pregunté.

Su voz sonó como un gruñido.

– Creo que lo sabes de más –dijo.

– No estás contestando a mi pregunta, Alex.

– Lo deseo tanto como tú lo deseas. Quiero verte porque me lo he ganado, igual que tú me has visto a mí. Ahora, por favor, quítate la blusa.

Me senté en el sofá, le pasé su martini, me levanté y me eché el pelo a un lado.

– ¿Crees que va a poder soportarlo?

Un sonido grave, como un rugido, salió de su garganta mientras me miraba.

Le indiqué el martini con la cabeza.

– Bebe, semental. Lo vas a necesitar.

La incomodidad que sentí antes, cuando intentaba posicionarme en el sofá, había desaparecido. Sabía que él necesitaba tener el control, por naturaleza, pero me estaba dejando tenerlo a mí, lo que no dejaba de ser intimidante ya que nunca había actuado así. A pesar de eso, quería tener el control. Me gustaba el control. Me gustaba el efecto que tenía en él y también en mí. Extrañamente, me parecía lo más natural. Estaba revelando un aspecto de mí que no reconocía, pero que quería explorar.

Me desabroché la parte de arriba de la blusa lo suficiente para enseñar el sujetador de encaje rojo que llevaba. No apartó los ojos de mí un instante y sólo le dio un trago a su bebida una vez que terminé de desabrocharme la blusa. Saqué la blusa de la falda y me quedé de pie delante de él con el vientre desnudo.

– ¿Va a quitármela, Sr. Wenn, o va a quedarse ahí sentado, mirándome?

– Podría pasarme el día mirándote.

– Esa no es respuesta.

– Si necesitas ayuda ...

– Sería muy amable de tu parte.

Cuando se levantó vi su erección marcada en los pantalones. Me pareció imposible de grande, lo que me excitaba y aterraba a la vez, especialmente cuando se puso detrás de mí y me apretó contra él. Era una parte de su anatomía que no conocía, pero no podía engañarme. Alex estaba, obviamente, muy bien dotado.

¿Cómo voy a poder alguna vez con eso?

Presionó las manos en mi estómago plano y me sostuvo por un breve instante, el roce de su barba encendiéndome el cuerpo cuando me besó en el cuello y lentamente continuó rallándome la piel.

– ¿Te gusta? –preguntó.

Intenté mantener la voz firme, pero necesité un esfuerzo.

– Creía que me ibas a ayudar a quitarme la blusa.

Recorrió mi cuerpo con sus manos, parándose a acariciarme los senos, que me parecían más redondos y pesados, y luego besó, muy ligeramente, el lóbulo del oído. Podía sentir la calidez de su aliento contra mi piel cuando me dijo cuánto me deseaba. Quería volverme y besarlo, pero no lo hice. Lo prefería así y también quiero privarlo a él. Era como iba a construir lo nuestro, aunque cada vez fuera más y más difícil resistirme a lo que sentía. La humedad entre las piernas fue aún más intensa cuando presionó el pene contra mis glúteos y lo restregó arriba y abajo. No parecía tener ninguna prisa por quitarme la blusa, hasta el punto que tuve que preguntarme quién tenía el control ahora. ¿Él o yo?

Yo.

Me di la vuelta y lo besé en la mejilla.

– Excitante –dije–, pero has perdido tu oportunidad.

Me miró con extrañeza cuando empecé a abotonarme la blusa.

– ¿Qué haces?

– Vestirme.

– Pero me dijiste que podía quitarte la blusa.

– Has tardado mucho.

Con delicadeza, me cogió de las manos y, por el fuego de sus ojos, supe que la cosa no terminaba ahí. No es que me importara.

– Pon las manos en la espalda, Jennifer.

Hice lo que me dijo. Me desabrochó los dos botones que yo me había abrochado. Cuando me quitó la blusa, la dejó caer en el sofá, detrás de mí, y dio un paso atrás para admirarme. O al menos, eso es lo que parecía. Nunca había visto tanto deseo en su cara.

– ¿Vamos al dormitorio? –preguntó.

– No creo que debamos. Aún no. Demasiado pronto.

– No has venido sólo por un martini, Jennifer.

– Así es. Vine para verte.

– ¿Sin camisa?

– Era una posibilidad.

– Te dije que hay cosas que puedo hacer sin apenas tocarte. ¿Te acuerdas?

Sentí que se me aceleraba el corazón. ¿Cuánto más tiempo iba a poder no *estar* con él?

– Me acuerdo.

– Puedo hacerlas ahora.

– Creo que debemos esperar.

– ¿Puedo preguntarte algo personal?

– Estamos prácticamente desnudos, Alex. ¿Qué te lo impide?

Sonrió a eso. Luego, se puso serio. Casi vacilante.

– No tienes que responder, pero tengo curiosidad. ¿Has tenido alguna vez un orgasmo?

– No –contesté sin titubeos–. Nunca.

Arrugó el entrecejo.

– ¿Nunca te has masturbado?

– Tampoco.

Mi respuesta lo dejó perplejo.

– ¿Por qué?

– Por que hace mucho tiempo, me dije a mí misma que esperaría al hombre de mi vida. Hay muchas razones por las que lo he hecho, pero la principal es por la manera como mi padre nos trató a mi madre y a mí. Quería algo mejor, sabía que me merecía algo mejor. Sé que tengo desconfianza a causa de mi padre –dije encogiendo los hombros–. Así que he esperado y continuaré esperando hasta que sepa que puedo confiar plenamente en un hombre, quienquiera que sea.

– ¿Estás superando esos problemas de confianza conmigo?

–Alex, intento superarlos con cualquiera que significa algo para mí. Contigo también. Mis problemas no tienen nada que ver contigo, me pasa con quien quiera que entra en mi vida. Sin embargo, puedo decirte que contigo he dejado mis sentimientos campar al borde de un abismo. Nunca he puesto tanta confianza en alguien como he puesto en ti. Ni siquiera en Lisa, porque lo nuestro es una intimidad que nunca tendré con ella. Esto es nuevo para mí

– Me alegro de que lo estés intentando.

– Tengo que hacerlo. En algún momento, necesito arriesgarme y confiar. Y creo que tú eres la persona más indicada.

Mantuvo una expresión tensa durante nuestro intercambio, pero la vida no sigue un guión y nuestras conversaciones no siempre terminan como deseamos. Hubo un silencio entre nosotros que se me hizo eterno. Incliné la cabeza a un lado.

– No soy perfecta –dije.

– Lo eres para mí.

Respiró como si estuviera tratando de calmar sus nervios. Un instante antes nos habíamos arrojado a las brasas encendidas de la pasión, pero nuestra breve conversación había vertido agua sobre ellas. No podía mentirle. Traía un lastre conmigo, de la misma forma que percibía que él traía otro con él tras la muerte de su esposa. Por un lado, los dos éramos dos adultos con un perfecto control sobre sus vidas. Por otro, éramos juguetes rotos.

– ¿Puede hacerte otra pregunta? –dijo.

– Todas las que quieras.

– ¿Piensas que yo soy el hombre de tu vida?

– Has hecho cosas conmigo que a ningún hombre le he permitido antes.

– ¿Te han gustado?

– Sabes que sí.

– Entonces, nada más pasará esta noche. Tu primera vez será especial. Será todo lo que siempre has querido que fuera. Si es conmigo, me aseguraré de que lo sea. Si continuamos lo que estábamos haciendo podría llevarte al orgasmo. Te mereces algo mejor.

– Pareces muy seguro de ti mismo.

– Lo estoy. Podría susurrarte al oído y hacer que te corras ahora mismo. Sin tocarte, sin nada. Sólo con la voz. Y pasaría, Jennifer. Te correrías.

Sólo pensarlo me hacía desear que lo hiciera.

– Toma –dijo inclinándose a un lado y cogiendo mi blusa del sofá–. Póntela antes de que me calientes más de lo que ya lo has hecho.

Sostuvo la blusa detrás de mí para ayudarme a ponérmela. Luego se puso delante de mí y me besó en la boca mientras me abrochaba la blusa. Su beso se hizo más intenso y, acto seguido, me apretó contra él. Cerré los ojos y sentí cómo me estremecía, hasta que finalmente se separó de mí.

– Lo siento, dijo.

– ¿Por qué?

No respondió. Se limitó a terminar de abrocharme la blusa.

– ¿Puedo hacer lo mismo por ti? –pregunté.

– Puedes hacer todo lo que quieras.

Cogí su camisa del suelo, pero me detuve.

– Probablemente no quieras ponértela otra vez. Está almidonada y no te será cómoda.

Se dirigió al sofá y se recostó en él

– No necesito una camisa. Ven aquí y siéntate conmigo –dijo, golpeando con la palma de la mano el asiento del sofá–. Hablemos de cómo nos ha ido el día.

Fui a sentarme a su lado. Hablamos acerca del ático en la Quinta, y él me contó todo acerca de la fiesta a la que había ido. Al cabo de un rato, mi cabeza descansaba en su estómago, con la mano en la ingle. Nos quedamos callados. Me acarició el pelo y yo le acaricié su piel de seda. Era un silencio acogedor. El mejor silencio. Un silencio que sellaba nuestro lazo y nos recordaba lo innecesarias que las palabras pueden ser entre dos personas. Porque aún en silencio, continuamos hablándonos. Sentíamos una mutua energía entre los dos, y la noche se convirtió en algo diferente. Escuchaba el pausado ritmo de sus latidos, me abracé aún más fuertemente a él, cerré los ojos y me quedé dormida.

CAPÍTULO OCHO

Al día siguiente me desperté sobresaltada. Por un instante, me sentí desorientada.

Tenía una manta delgada por encima. La cabeza sobre un cojín. No estaba segura dónde estaba, pero cuando me senté todo empezó a aclararse. La noche anterior, mientras estaba recostada en el vientre de Alex, debí quedarme dormida. Aún así, no me lo explicaba. Siempre había tenido el sueño ligero, desde niña. Una medida de protección contra mi padre, que entraba en mi habitación gritando, borracho, a cualquier hora de la noche, a golpearme y amenazarme de muerte sin otro motivo que el gusto de aterrorizarme. ¿Cómo se había levantado Alex sin despertarme? ¿Estaba yo tan cansada?

¿O es que simplemente me sentía tan a gusto con él?

Lo busqué con la mirada y vi un vaso de zumo de naranja y un café delante de mí, sobre la mesa. Tenía la boca seca. Probé el zumo. Recién hecho, fresco y agridulce.

Luego, desde la cocina, Alex me habló.

– Alguien se ha despertado.

– Debo ser yo. No sé –dije.

– Ven y desayuna –dijo–. Todavía es temprano. Ni siquiera las seis. Tenemos tiempo de estar juntos antes de que me duche y me arregle.

Cogí el vaso de agua y me dirigí a la cocina, sin estar preparada para encontrármelo sin camisa y en calzoncillos. La vista era demoledora, aunque no iba a pedirle que se cubriera. Estaba como un tren. Estaba sentado en la barra, leyendo el Times. Me acerqué a él, rodeé con los brazos la anchura de sus hombros, luego lo abracé por la cintura y lo estreché antes de sentarme a su lado. Besé primero su barba incipiente y luego los labios.

– ¿Café? –me preguntó.

– Por supuesto.

– En un minuto –dijo levantándose.

– ¿Cuánto tiempo llevas despierto? –pregunté, mientras se alejaba de mí. Tenía una hendidura a lo largo de la espalda, lo que me parecía más que sexy, por no mencionar su trasero, perfecto si había alguno.

Y dicen del mío. Tenían que ver este.

– Hace una hora más o menos.

– ¿Siempre te levantas tan temprano?

– Siempre. Sigo un ritual. Necesito café, tranquilidad, el periódico, silencio. Después de dos tazas, estoy listo para empezar.

– ¿Somos gemelos?

– ¿Tú eres igual?

– Ni te imaginas.

– Entonces, no hablo más y hago el café.

Puse los codos sobre la barra y la barbilla entre las manos mirando cómo preparaba un café exprés. ¿Lo aprendería también de aquella cocinera suya, Michelle? No muchos saben cómo hacerlo bien, yo sí y, por lo que pude ver, él también sabía. Cuando terminó le añadió la cantidad justa de leche y azúcar que me gustaba. Debió verme cuando se las eché al café dos días antes, cuando me preparó el desayuno.

A este hombre no se le escapa nada.

El fragante aroma y el sabor del café bastaron para despejarme la cabeza. Para desayunar, comimos piña fría troceada, que estaba deliciosa, unos huevos revueltos jugosísimos y unos *croissants* recién hechos con mantequilla. Ninguno de los dos dijo nada hasta que mi segunda taza estuvo servida y los platos recogidos, sin hacer demasiado ruido. Era un caballero de pies a cabeza.

– ¿Satisfecha? –preguntó finalmente.

– Completamente –dije–. Eres un cocinero excelente.

– Gracias a Michelle.

– ¿Te refugiabas en ella cuando eras niño?

Un semblante de tristeza se apoderó de él, pero lo enmascaró.

– Así es. Creía que te lo había dicho.

Lo que significaba que eso era todo lo que iba a decir.

– Pero apenas te acabas de despertar –dijo–. ¿Para qué preocuparte por mi pasado ahora?

Todo muy misterioso. Sabía por Blackwell que no había tenido una relación muy afectuosa con su madre, pero no me dijo nada de su padre. Alex sí lo había hecho, sin embargo. Cuando nos vimos por primera vez, durante nuestra entrevista, me dio a entender que nunca había querido hacerse cargo de la Wenn, pero que lo había hecho porque su padre lo puso como condición testamentaria. Luego, el otro día, mencionó también cómo Michelle lo escondía de su padre. Parecía que la familia no había estado muy unida. Me preguntaba por qué. Me di cuenta de que teníamos más en común de lo que yo creía, especialmente en lo referente a nuestra relación con la figura paterna. Respetaba sus límites y dejé el tema correr. Cuando quisiera contármelo lo haría. Ciertamente, yo no iba a presionarlo. Sabía, si alguien podía saberlo, lo que era no querer hablar de la vida privada o el pasado de uno.

– Siento que me quedara dormida –dije cambiando la conversación–. Mucho más, encima de ti.

– Yo no lo siento. Gracias a eso, te tengo aquí esta mañana.

– Tengo que decirte que tu abdomen, con lo sólido que es, me resultó de lo más mullido para apoyar la cabeza anoche.

– ¿Tú crees?

– Lo sé.

Me pareció que eso lo hacía feliz porque me guiñó un ojo.

– ¿Cuál es tu agenda para hoy?

– Lo mismo de siempre. Reuniones una detrás de otra y algún acto social por la noche. Pero esta vez podré ir a recogerte al restaurante.

– Me gustaría. Sé que puede sonar ridículo, pero la razón por la que vine aquí anoche es porque me sentí sola cuando salí del trabajo y no estabas allí. Fue un impulso. Quería verte. Pero no pensé que acabaría pasando la noche contigo.

Mientras le decía esto, me acordé.

– Lisa –dije.

– Ya la he llamado. Sabe que estás aquí y que estás bien. Aunque yo quería llevarte a uno de los dormitorios, me sugirió que te dejara en el sofá y que no te despertara. Iba a irme a la cama cuando la llamé. Sabía que ibas a estar preocupada por no haberla llamado por la noche, así que me hice cargo yo mismo.

– Te lo agradezco. ¿Qué te dijo?

– Que está entusiasmada con el nuevo apartamento y que tiene ganas de conocerme personalmente. Le dije que pronto deberíamos cenar los tres aquí. Le pareció estupendo.

– Lisa tiene una figura como no te imaginas, pero cuando se trata de buena comida no hay quien la pare. Una cena, los tres, sería estupendo. La adoro.

– Suena muy simpática al teléfono.

– Es maravillosa. ¡Le estoy tan agradecida! Hemos pasado algunos meses bastante duros juntas.

– Las cosas han mejorado ahora.

– Han mejorado gracias a ti.

– No, no gracias a mí. Te ganaste tu trabajo en db, Jennifer. Tuvieron suerte de encontrarte. Cuando los dejes y empieces con nosotros, verás que también te has ganado tu posición. Tu agenda estará a tope. Vas a estar conmigo día y noche.

– ¿Algo malo en eso?

– Tendremos nuestros momentos, algunas confrontaciones. Nos acaloraremos y nos enfadaremos en algún momento. Pero eso está bien. De hecho, es necesario. Si estamos considerando un negocio, necesitamos mirarlo desde todos los ángulos, ser nuestros respectivos abogados del diablo antes de presentarlo a la junta de accionistas. Por favor, no creas que te di algo porque tú lo propusiste. No actúo de esa manera, no sería bueno para los negocios. Habías probado tu valía con Stavros. Gracias a ti, la Wenn va a ganar una fortuna. Pero te prevengo, por lo que respecta a la junta, esperarán que hagas lo mismo una y otra vez. Esperarán que te saques otra Naviera Stavros del sombrero. Por eso vamos a trabajar en equipo. Antes de que les presente nada, tú y yo tendremos perfectamente detallados los beneficios y los perjuicios de cualquier posible negocio. Nos cubriremos mutuamente las espaldas. Asistiremos a actos sociales por la noche, hablaremos con unos y con otros, pondremos atención a lo que la gente dice y veremos cómo la Wenn puede ser parte de la conversación. Sólo de ahí nos surgirán oportunidades. Luego volveremos aquí, tomaremos una copa y podremos disfrutar uno de otro por unas pocas horas.

– Me preocupa Lisa.

– ¿Qué te preocupa?

– Voy a pasar mucho tiempo contigo. Se va a sentir sola. Siempre hemos estado juntas. Ojalá pudiera encontrar a alguien para ella.

– ¿Y ella quiere?

– Ella dice que no, pero no la creo. Por supuesto que le gustaría tener una relación. No hace mucho, un ex la quemó mucho, así que está poniéndolo todo en sus libros. Son su escape. No creas que escribe sobre muertos vivientes por casualidad. Creo que ve a sus dos ex novios como parte del grupo. Pero sería magnífico si pudiera encontrar a alguien que estuviera a su altura. Es tremendamente inteligente y agradable, y muy, muy guapa. Pero es difícil encontrar un hombre decente, no importa donde vivas. Lo que la mayoría quiere es sexo, algo que ni Lisa ni yo queremos. Somos la antítesis de la mayoría de las mujeres en Manhattan. No bares. No tonteo. Nada de nada. Vinimos de Maine decididas a abrirnos camino y nos lo tomamos muy en serio. Aún así, me encantaría verla con alguien que esté preparado para una relación estable

– Tengo unos cuantos amigos que lo están.

– ¿Están tan buenos como tú? ¿Y son tan adorables, considerados, *sexy* y tan interesantes?

– Eso es mucho pedir, mujer.

Me reí.

– Pero son todos realmente agradables –dijo–. En cuanto a si están buenos, no puedo darte una opinión. No los miro con esos ojos, son mis amigos, pero he visto a las mujeres babear por ellos. Y no porque sean ricos, nadie lo sabe, no son conocidos. Así que, cuando se trata de *sex-appeal*, algo debe haber. Puedo decir que uno de ellos, Michael, parece especialmente deseable, pero a estas alturas de su vida quiere lo mismo que yo. Alguien semejante, una compañera, una amiga. No sólo alguien con quien echar un polvo de cuando en cuando. Yo he esperado años para encontrarlo, y creo que lo he hecho. ¿Deberíamos invitar a Michael a cenar con Lisa y con nosotros?.

– Lo hablaré con Lisa.

– Eres una persona leal.

No entendí lo que quiso decir.

– ¿Para Lisa?

– Para Lisa y para mí. Ya sé que para ti solamente soy tu acompañante, pero para mí es diferente. Pienso en ti como algo más. Espero que un día pueda decirle a todos que somos novios. El día que me digas que puedo hacerlo, será uno de los días más felices de mi vida.

¿Qué se suponía que tenía que decir a eso?

CAPÍTULO NUEVE

Mis dos últimas semanas en db pasaron más rápidamente de lo que había anticipado. El restaurante tenía mucho movimiento, lo que hizo que los días pasaran deprisa. Me pasé las mañanas y las tardes pegada al Journal y el Times para prepararme para lo que se avecinaba con la Wenn. Ya se me habían ocurrido algunas ideas.

Pasé todo el tiempo posible con Alex, lo que generalmente significaba ir a su apartamento cuando terminaba mi turno en el restaurante y hablar de nuestras cosas delante de una copa de vino o un martini.

La tensión sexual entre los dos fue en aumento, lo que dio lugar a alguna velada interesante, aunque durante ese tiempo no volví a pasar la noche en su casa. Cuando lo hiciera de nuevo, sería por una buena razón.

Mi último día de trabajo, después de cerrar el restaurante y cuando terminé mi jornada, el personal se presentó con una tarta para mí, con Stephen a la cabeza cargándola.

La tarta, una deliciosa elaboración de chocolate, tenía una vela en el centro y todos, incluyendo al chef, se unieron a mi despedida.

Aunque sólo había estado allí por un periodo corto de tiempo, no pude evitar que las lágrimas asomaran a mis ojos cuando vi la tarta y toda aquella estima detrás de ella. En tan corto tiempo nos habíamos convertido en un equipo. No me había figurado que el final de aquello sería tan emotivo. Pero ahí estaba yo, emocionada. Estaba agradecida por haber tenido un trabajo tan estupendo, a pesar de haber sido tan corto. Ese lugar me había sacado del agujero económico en el que me encontraba y me permitió permanecer en Nueva York. Tenía una deuda con él.

Stephen puso la tarta sobre una mesa.

– Por favor, no me hagas llorar –le dije.

– No puedo prometer nada. Ya estás prácticamente llorando. Pero espero que tú nos prometas una cosa.

– ¿Qué?

– Que vendrás a visitarnos.

– ¿Pensabas que no lo iba a hacer? –dije abrazándolo–. Volveré antes de lo que te imaginas. Hasta puede que haga algún turno.

CUANDO SALÍ DEL RESTAURANTE, Alex me estaba esperando afuera. Estaba apoyado en la limusina y tenía el semblante preocupado. Lo besé en los labios y entré en el coche. Él me siguió.

– Estás triste –dijo.

– Un poco, supongo. Se me pasará. Me han dado una sorpresa hace un momento. Se presentaron con una tarta –dije enguadándome los ojos. Respiré hondo–. Esto es ridículo –dije–. Lo siento.

– ¿Por qué te disculpas? Seguro que no ha sido fácil –dijo. Me cogió la mano y la puso sobre sus piernas–. Mañana será diferente. Mañana estarás trabajando para la Wenn. En este momento, la mayoría de tus pertenencias están en el nuevo apartamento. He hablado con Lisa, que ha coordinado la mudanza, y me ha dicho que sólo quedaban unas pocas cosas. Nos encargaremos de ella mañana y para el mediodía estaréis las dos en el nuevo apartamento.

– Gracias.

– No hay de qué.

Permaneció callado un instante.

– ¿Sabes qué? –dijo finalmente.

Me giré hacia él, los ojos aún llorosos.

– ¿Qué?

– No me he tomado unas vacaciones en cuatro años.

Su mujer había muerto hacía cuatro años. Blackwell me dijo que, desde entonces, todo lo que hacía era trabajar. Me preguntaba adónde querría ir con esa historia, pero no quise interrumpirlo.

– No he vuelto a ir a la casa de mi familia en Maine desde que era adolescente. Quiero tomarme una semana libre e ir allí contigo. Me lo merezco. Tú también. La junta me ha dado permiso. He enviado a algunos de mis empleados para que se encarguen de tenerlo todo listo para nosotros. Se han pasado allí toda esta semana arreglándolo. Cuando se vuelvan, y si estás de acuerdo en venir, estaremos los dos solos. Ni negocios, ni vida de ciudad, sólo nosotros. Hace tanto tiempo que no he vuelto que apenas recuerdo cómo es la casa. Pero necesito recordarlo. Necesito vivir un poco otra vez. Si te apetece, me encantaría pasar una semana allí contigo. Quiero visitar los cocederos de langosta, hacer compras y, mayormente, estar contigo sin intrusos. La junta ha sido avisada. Cero contacto, a menos que sea una verdadera emergencia. Cuando regresemos a Manhattan, empezaremos directamente a trabajar. ¿Qué me dices? ¿Vienes conmigo?

Así llegaba el siguiente peldaño. Si fuera con él, no había duda de lo que pasaría entre nosotros. Pero era hora. Quién sabe cuándo sucedería una vez que llegáramos allí, pero sucedería. Me tomaría. Era hora de poner en él toda mi confianza. Ya estaba ansiosa por hacerlo.

– Sé lo que estás pensando –dijo– y no tiene que ser así.

Sí, tiene que ser.

– ¿Cuándo salimos?

– Mañana a las nueve. Iremos en uno de los jets de la empresa directamente a Bar Harbor. Incluyendo el coche al aeropuerto, estaremos allí en dos horas.

– ¿Mañana por la mañana? Pero... necesito tiempo para hacer las maletas.

– Lisa me ayudó con eso. Me dio todas tus tallas. Blackwell también me ha ayudado. Me he encargado de que tengas un guardarropa completo esperándote en la casa, al igual que todos tus productos de belleza. Todo lo que necesitas. Y si encuentras que necesitas algo más, sólo tenemos que ir a Ellsworth a comprarlo.

– ¿Desde cuándo sabe Lisa todo esto?

– Desde hace una semana.

– No me ha dicho una palabra.

– Tu amiga sabe guardar un secreto.

– Aparentemente.

– Es maravillosa. Entiendo por qué sois tan amigas. Entonces, ¿vendrás?

– Por supuesto que sí.

Me estreché a él, pero esta vez fue distinta. Esta vez lo sentí a él de verdad y me pareció que todo estaba en su sitio. Me sentí vinculada a él como nunca antes. Quería decirle que iría con él como su novia, no su acompañante. Pero, por alguna razón que no puedo explicarme, no me salieron las palabras.

– Estoy tan agradecida a la vida por haberte encontrado, Alex –dije en su lugar.

– No tienes ni idea lo que eso significa para mí –contestó él.

CAPÍTULO DIEZ

Era casi el mediodía del día siguiente cuando llegamos a su casa en Harbor Point. Tenía una ubicación espectacular, al borde del mar, con vistas a las montañas y Bar Harbor en la distancia. Completamente privada. Altos pinos y árboles que empezaban a cambiar el color de sus hojas con el otoño que empezaba a rodearlos.

Aspiré profundamente el frescor del aire nada más bajarme del coche. Era una de la cosas que echaba de menos de Maine. Uno podía respirar aquel aire. Después de haber pasado un verano sofocante en Nueva York, el aire salado del mar era un bálsamo, junto a la brisa refrescante y el sonido de las olas rompiendo contra la abrupta costa.

– Vamos adentro –dijo.

La casa era grande, pero no extravagantemente grande. Parecía recién pintada, de hecho algo me decía que lo estaba. La rodeaban macizos de flores que parecían recién plantadas. Las ventanas resplandecías como si acabaran de limpiarlas. Me había dicho que había enviado gente para que acondicionaran la casa, pero se había quedado corto. Era evidente que la casa había sido desempolvada y pulida para la ocasión.

– Es una extraña sensación –dijo mientras introducía la llave en la cerradura y abría la puerta–. De verdad que no puedo recordar cuándo fue la última vez que estuve aquí. Al menos quince años, si no más.

Entré detrás de él y pude oler la pintura aún fresca. Los suelos de madera estaban pulidos y encerados, recogían la luz que entraba por las ventanas y la devolvían al exterior. Entramos en la cocina, equipada con electrodomésticos nuevos de acero inoxidable, sin duda porque los viejos necesitaban ser cambiados si habían pasado quince años desde la última vez que alguien estuvo allí. A medida que íbamos de habitación en habitación, me perdía en el blanco de las molduras, el gris azulado de las paredes y en las magníficas vistas.

Me enseñó toda la casa, junto con retazos de momentos vividos a medida que afloraban los recuerdos.

– Esta era la biblioteca de mi padre –dijo, asomando brevemente la cabeza en la habitación antes de continuar nuestra visita–. Y ahí es donde mamá se retiraba a leer.

– ¿No leían juntos?

– No hacían muchas cosas juntos.

Decidí no indagar y me limité a seguir sus pasos. Vimos cuartos de invitados, un espectacular salón con vistas al mar, baños y, finalmente, el dormitorio principal, que estaba en la planta de arriba, justo encima del salón, y compartía con él las espectaculares vistas. Aquí, el color de las paredes era de un sutil verde apagado y la cama era obviamente nueva, como todas las camas de la casa. Lo vi dirigirse a una puerta cerrada que abrió para mí. Dentro estaba el guardarropa que había prometido.

– Esta es tu habitación –dijo–. Espero que encuentres la ropa a tu gusto.

– ¿Era esta la habitación de tus padres?

Negó con la cabeza.

– Mi madre se quedaba en esta habitación. Mi padre, en uno de los cuartos de invitados. Y yo, en otro.

– ¿No dormían juntos?

– No se soportaban, Jennifer. Su matrimonio era solo apariencia. En realidad, sólo había hostilidad. Pero no hablemos de eso ahora. Luego. Primero, demos un paseo hasta el borde del agua.

Evidentemente, Alex empezaba a abrirse a mí, pero poco a poco. Era suficiente. Sabía lo que era sentirse presionado a hablar de cosas desagradables relacionadas con la familia, así que no dije nada más y decidí simplemente escuchar. Lo que no hubiera compartido conmigo antes surgiría en el momento adecuado, quizás durante la semana siguiente, y quería que se sintiera cómodo cuando lo hiciera, si lo hacía.

– ¿Dónde vas a dormir tú? –pregunté.

– A la vuelta del pasillo. En la habitación que vimos antes de esta. ¿No te importa? Podría irme a una de las otras habitaciones al final del pasillo si lo prefieres.

– No –dije–. Creo que deberías quedarte en esta habitación.

Me dirigió una sonrisa.

– Ni pensarlo. Cuando te despiertes por la mañana, lo primero que quiero que veas es eso –dijo señalando hacia la ventana y, al otro lado, al mar abierto. Era precioso, pero pensaba que él también debería verlo cuando se despertara.

Además, Alex, lo primero que quiero ver cuando me despierte es a ti. Así que vamos a ver cómo se da el día.

La playa era una mezcla de rocas, guijarros y grava. Maine tenía sólo unas cuantas playas de arena. El resto era abrupto y áspero, como muchos de sus habitantes oriundos.

La marea estaba baja, habiendo dejado cúmulos de algas al retirarse, y el sol brillaba radiante. Alex me cogió de la mano y paseamos siguiendo la línea del agua, hombro con hombro. Me solté la mano y se la pasé por la cintura para que estuviera más cerca de mí. Llevaba unos pantalones vaqueros, una camiseta blanca y un par de sandalias. El viento soplaba lo suficientemente fuerte como para revolverme el pelo y, aunque sabía que iba a parecer un horror cuando volviéramos a casa, no me importaba. Me parecía estar en el paraíso.

– Mira –dije–. Delante de nosotros, sobre esa roca. Una estrella de mar.

– Recuerdo verlas cuando era un niño.

Nos acercamos y nos arrodillamos a su lado. Era pequeña y anaranjada, con protuberancias azuladas en el dorso. La acaricié con cuidado, la contemplé brevemente y la dejamos en paz. En el charco de agua que rodeaba la roca, vi un diminuto cangrejo que huyó de mí cuando intenté tocarlo. Levantó sus pinzas, desafiándome a pesar de que mi mano era gigantesca. No quise asustarlo, aunque no parecía que se asustara, y también lo dejé en paz.

– Esto es mágico –dijo–. Especialmente ahora. Cuando era niño, me espantaba cuando me decían que veníamos a Maine.

– ¿Por qué?

– Porque nunca fue un lugar feliz. Llegados a cierto punto de su relación, mis padres no deberían haber seguido juntos. Aquí tenían que enfrentarse mutuamente a sus sentimientos porque no había adónde ir, ningún lugar donde esconderse. Contrariamente a Manhattan, donde cada uno podía hacer lo que quisiera cuando quisiera. Por lo tanto, aquí peleaban continuamente. De niño, recuerdo desear que se divorciaran de una vez, pero a medida que me fui haciendo mayor, me di cuenta de que mi madre nunca le daría a mi padre el divorcio. Ella quería todo lo que el apellido Wenn le proporcionaba. Por supuesto que lo hubiera conservado después del divorcio, pero sabía que mi padre la arruinaría socialmente y que sólo se quedaría con una porción del dinero. Así es que permanecieron juntos por razones equivocadas. Por eso tener una relación sólida es importante para mí. No quiero lo que ellos tenían. Tuve una oportunidad una vez, con Diana, pero la vida me la arrebató.

Me miró mientras paseábamos.

– No pensé que tendría esa oportunidad otra vez. Y ahora, cuatro años después, estás aquí y eso me hace feliz.

– No me habías contado nada de esto antes. Sé que no es fácil. Aún es difícil para mí hablar de mis padres. Puede que sea doloroso recordar lo que no quiero revivir, pero creo que es importante que sepas de dónde vengo. Te ayudará a entender por qué soy quien soy. Gracias por confiar en mí.

– Tú me llevas ventaja en lo de hablar de tus padres. Al menos tú puedes hablar de ello. Para mí es casi imposible, pero ahora te tengo a ti y es hora de que sepas más de mí y de dónde vengo también. Luego puedes decidir si quieres seguir conmigo. Una vez me dijiste que no eres perfecta. Pues bien, yo estoy muy lejos de ser perfecto, Jennifer. Tengo muchos demonios contra los que luchar.

– ¿Como cuáles?

Muchos. He perdido la cuenta.

No lo dejé seguir hablando.

– Lo que tus padres se hicieron uno a otro no tiene nada que ver contigo, Alex. Como lo que me hizo mi padre. Y mi madre, por no intervenir. Lo que me hicieron pesa sobre ellos, no sobre mí. ¿Me afectó la estupidez alcoholizada y abusiva de mi padre? Por supuesto. Aún me afecta. Ten la libertad de contarme lo que quieras, pero no tienes que contarme lo que no quieras. Confío en ti lo suficiente para saber que puedo hablarte sin ser juzgada. Espero que un día te sientas igual conmigo.

– Ya me siento así –dijo–. Esa es una de las razones por las que estamos aquí.

CAPÍTULO ONCE

Para cenar comimos rollos de langosta con patatas fritas. Condujimos al centro de la ciudad y compramos dos rollos para cada uno en un restaurante local. Nos los llevamos a casa en un paquete de corcho blanco.

Cuando Alex abrió el frigorífico noté que lo habían surtido hasta arriba. Buscó por encima y sacó una botella de champán. La reconocí a primera vista por mi corta experiencia en db Bistro. El vivo color de la etiqueta anaranjada era inconfundible. Veuve Clicquot. Stephen me lo dio a probar una vez. Le dije que estaba acostumbrada a las marcas más baratas.

– Barato es todo lo que me puedo permitir.

– Trabajarás más horas después de que pruebes esto –replicó Stephen.

Como de costumbre, Stephen tenía razón. Aquel champán era cristalino e intoxicante.

– Ahora sí que lo vamos a adulterar –le dije a Alex.

– Me temo que sí.

Abrió la botella, encontró dos viejas copas de champán en uno de los armarios y sirvió. Desde el estrecho fondo de las copas subían finas hebras de burbujas que rompían al llegar a la superficie.

– Por Maine –brindó, levantando su copa.

– Por Maine –repetí–. Y por la langosta. Mira lo enorme que son esos rollos. Estoy salivando. Si supiera lo que voy a comer, Blackwell me corría a patadas.

– Ya le gustaría tener lo que tu tienes.

– ¿A ella sólo?

– Me alegra que lo sepas.

Chocamos levemente nuestras copas, bebimos y empezamos a comer.

– Delicioso –dije.

– Y sin demasiada mayonesa.

– Como debe ser. Un toque de mayonesa. A menudo la gente los echa a perder poniendo demasiada.

– Pocos sitios en Nueva York los hacen bien.

– ¿Alguno los hace bien?

– Un par de sitios sí. Y con langosta de Maine. La de verdad.

– Tenemos que ir.

Me sonrió y me alcanzó una servilleta.

– Estoy comiendo como una cerda, ¿verdad?

– Tienes un poco de mayonesa en la barbilla, pero nada alarmante.

Me la limpié.

– Mentiría si me disculpara. Estoy disfrutando cada bocado. ¡Qué banquete!

– ¿Recuerdas la primera vez que comiste langosta?

– Para nada. Tuve suerte, siempre había langosta en casa. Mi tío Vaughn era pescador de langosta, así que la teníamos siempre que queríamos. Mis años de infancia están llenos de langosta. Irónico. Éramos pobres de rigor, pero gracias al tío Vaughn comíamos como reyes. A veces, cuando mi tío sabía que necesitaba alejarme del monstruo de su hermano, me llevaba en su barco con él. Tenías que haber visto la cantidad de gaviotas que el barco atraía. Era una locura.

– Y probablemente no muy higiénico.

– Sí, pero podía ser peor. Normalmente se mantenían alejadas. Pero había centenares de ellas. Echo de menos esos días. Te hubiera gustado mi tío. Ojalá hubiera sido él mi padre.

LUEGO, DESPUÉS DE LIMPIAR los restos de comida, nos bebimos lo que quedaba del champán en el salón. Alex lo puso en una hielera y vimos el sol esconderse detrás del Monte Cadillac.

– Me encanta la silueta de Manhattan, pero nada puedo compararse a esto

–dijo Alex.

– Es relajante. Mira los coches subiendo la montaña. ¿Puedes ver las luces?

– Las veo.

Rellenó la copas de champán, puso otra vez la botella en la hielera y levantó el brazo para que yo pudiera acercarme más a él y descansar la cabeza en su pecho.

Estuvimos así durante varias horas. Antes de que el sol finalmente empezara a ocultarse de nuestra vista, sabía lo que iba a suceder esa noche. Y lo temía. Nos iríamos a dormir, en habitaciones separadas. Algo que yo no quería en absoluto.

El día había sido una mezcla de diversión y revelación, pero nada especialmente romántico, aunque recostarse en él se sintiera tan bien. Aún así, nada había sucedido entre nosotros que pudiera sugerir que acabaríamos juntos en la cama. No estaba buscando sexo, aunque no diría que no ahora porque estaba más que dispuesta a estar con él. Buscaba intimidad. No habíamos ido allí para dormir separados. Al menos, yo no. Fui para estar con él en todo momento, incluyendo el sueño. Sabía que cuando volviéramos a Nueva York, esta suerte de paraíso que estábamos disfrutando se acabaría al llegar. Mientras pudiera, quería aprovechar al máximo nuestro tiempo juntos.

– ¿Qué has planeado para mañana? –pregunté.

– Más de lo mismo. Quizás mañana podamos ir al centro, de compras, y a cenar a alguna parte. Quizás a un buen restaurante. Quizás no. Una cena sencilla me basta.

– A mí también. Me parece perfecto.

– Deberíamos irnos a dormir –dijo.

Con desgana, me separé de él, me puse en pie y me estiré. Podía sentir su mirada sobre mí... y que él tampoco quería separarse. Pensé en lo que estuvo a punto de decir y sonaba ridículo. *¿Hasta mañana, Alex?* ¡Por favor! Decidí arriesgarme.

– ¿Quieres dormir conmigo esta noche?

– ¿Te refieres a compartir la cama?

– Sí.

– ¿Estás segura?

– No te lo hubiera preguntado si no. No quiero estar separada de ti esta noche, ni el resto del tiempo que estemos aquí. Me sentiría sola en esa cama gigantesca y me la pasaría pensando en ti toda la noche.

– Y yo en ti.

– Pues evitémonos la frustración. ¿Listo para ir a la cama?

EN EL DORMITORIO, LA anticipación se respiraba en el aire.

– ¿De qué lado duermes? –preguntó.

– El derecho.

– Ahí tienes la evidencia. Yo prefiero el izquierdo – dijo sonriendo.

Abrimos las sábanas, cada uno por su lado. Alex se aclaró la garganta.

– Realmente no sé cómo decir esto –dijo.

– ¿Decir qué?

– Es embarazoso.

– Nada debería ser embarazoso entre nosotros a partir de este momento.

– Generalmente duermo desnudo.

Sentí una sacudida sólo de pensarlo, pero la reprimí. La idea de verlo desnudo me estremecía.

– ¿Quién te lo impide?

– ¿Estás completamente segura?

– Quiero que estés cómodo y que duermas bien.

Hasta yo pude oír cómo se me entrecortaba la voz. *No me lo creo. Lo voy a ver desnudo.*

– No suenas muy segura.

Quién sabe qué se apoderó de mí en ese momento, probablemente los años de espera inflamaron mi urgencia por dar el siguiente paso. Sea lo que fuese, me quité la camiseta y la arrojé sobre un sillón, me desabroché el sujetador, lo arrojé también al sillón y luego me quité todo los demás, dejando sólo las bragas. Era tan lejos como podía llegar en mi primera acometida, pero llegar hasta ahí fue liberador. Permanecí de pie delante de él y vi que clavaba los ojos en mis redondos pechos, la lujuria y el deseo escritos en el rostro. Con la mirada recorrió de arriba abajo mi cuerpo, que nunca había visto tan expuesto, y volvió a pasarse en mis pechos antes de mirarme a los ojos.

– ¡Qué cuerpo tan bonito tienes! –dijo con voz grave.

Sonreí con cierto miedo y ansiedad y esperé a que él hiciera lo mismo. No necesitó mucho tiempo para entender la insinuación, pero me preguntaba hasta dónde llegaría. ¿Se pararía en los calzoncillos o se lo quitaría todo?

Se quitó la camiseta y la dejó en el suelo. La siguieron sus pantalones vaqueros. Dudó un instante. Hubo un silencio, pero al final se quitó los calzoncillos. Los dejó a un lado y se quedó de pie, enfrente de mí, desnudo.

De la misma forma que el escrutó mis pechos, yo recorrí cada centímetro de él y finalmente vi lo que sabía iba a ser un reto. Estaba, sin duda, muy bien dotado. Su pene era directamente proporcional al resto de su cuerpo.

Y así, mientras lo miraba, empezó a endurecerse.

Me metí en la cama sin querer mirarlo. Él hizo lo mismo. Las delicadas sábanas olían a limpio. El colchón firme y cómodo. Le pedí que se volviera y apreté mi cuerpo desnudo contra su espalda para evitar que él se apretara contra la mía. Si lo hiciera, sabía que no podría resistir más. Dejé caer el brazo encima de él, un poco por debajo de la cintura y suavemente le acaricié el vientre mientras le besaba el hombro. No pasó mucho tiempo antes de que su glande me golpeara la mano y serpenteara hasta un poco más arriba. Pude entonces sentir la tensión que surgía entre los dos. Él sabía perfectamente qué era lo que me rozaba el dorso de la mano. No pude contenerme más, lo agarré impulsivamente y sentí cómo un calor intenso se hizo dueño de mí. Me parecía enorme, tan ancho como mi muñeca, y podía sentir sus latidos. El simple hecho de hacer esto me excitaba de forma desconocida. Era terreno inexplorado. Lo froté suavemente y sentí que yo misma me humedecía casi inmediatamente.

– Jennifer –dijo.

– ¿Qué?

– Si sigues haciendo eso ...

– No voy a parar ahora.

– Como quieras, entonces.

Con una rapidez que me cogió por sorpresa se dio la vuelta, retiró las sábanas y se sentó a horcajadas sobre mí, con sus manos sujetando las mías contra el colchón.

Su pene descansaba pesado sobre mi estómago. Me sobresalté por el repentino cambio de posición, pero entonces, a la luz de la luna, vi la expresión de deseo en su cara y sentí la urgencia de su deseo en la manera en que me desnudó por completo.

– Espero que no estés cansada –dijo– porque esto va a durar unas cuantas horas.

– Alex ...

– Te dije que tu primera vez sería especial. Lo dije de verdad. Pero te va a hacer falta aguante para eso. Tu primera vez va a ser algo que recordarás con satisfacción el resto de tus días. Me voy a asegurar de eso. Ya verás.

Me besó tiernamente en los labios y fue apretándolos poco a poco hasta que apenas podía respirar. Sentí las cañones de su barba en mi barbilla una vez más. Me raspó las mejillas, luego el cuello. Siguió tanteando el terreno más abajo. De su garganta salían murmullos ahogados. Me saboreó con la lengua y me cubrió con sus labios hasta que se encontró con uno de mis pezones y se entretuvo con él en la boca.

Y de pronto se paró.

– Te lo he dicho antes y ahora voy a probártelo. Sin apenas tocarte, voy a hacer que te corras. Y luego, haré que te corras de otras muchas maneras a lo largo de la noche. ¿Estás lista para eso?

Sentía como si mi cuerpo no pudiera resistir mucho más y apenas habíamos empezado. Trágico. Me retorcía con cada roce de su cuerpo. Me revelaba en su contra cuando llevó la boca a mi oído, presionando ligeramente el pecho contra mis pezones y restregándolos con los suyos, susurrándome todas y cada una de las cosas que iba a hacer conmigo.

Era demasiado. Tenía una sobredosis de sensaciones. Necesitaba un escape, pero todo era en vano. Una y otra vez sentía sus pezones contra los míos. Una y otra vez me dijo cosas inimaginables. Una y otra vez me llevó a un límite cuya existencia sólo conocía de oídas. Un límite tenía bordes afilados. Era primitivo e inexplorado. Su barbilla descendió por mi cuerpo, raspando con sus cañones la desnudez de mis carnes, haciéndome retorcer más y más hasta el punto de sentir que me iba a romper en mil pedazos.

– Alex –dije.

No respondió. Continuó haciendo lo que estaba haciendo. Los mismos movimientos, una y otra vez, sin apenas tocarme, lo que me parecía lo más cruel de todo aquello. Quería sentir sus manos en mi cuerpo, pero estaba decidido a privarme de ellas. Aquello se parecía tanto a la tortura que quería abofetearlo.

Fue en ese momento cuando perdí la cordura. Me sentía incapaz de contenerme más. Quería golpearlo por lo que me estaba haciendo. Quería flotar por encima de mi cuerpo y ser desde el techo testigo de sus actos. Quería huir. Quería quedarme. Pero, principalmente, quería correrme.

Entonces, con un sonido seco, inesperado, gritó.

– Ahora.

Algo que no había sentido antes se apoderó de mi cuerpo y grité con tanto placer que todo mi cuerpo se convulsionó por algún tiempo, aún después de que todo hubo terminado. Permanecí tumbada, temblando. Lo miré a él, luego a la oscuridad del techo, donde había querido estar segundos antes, y no podía creer lo que acababa de experimentar. Mucho más de lo que esperaba. Pero él, evidentemente, aún tenía otras cosas en mente.

– Te lo dije –sentenció–. Puedo provocarte un orgasmo casi sin tocarte.

– Fue increíble –le dije.

– Fue sólo el principio.

Se deslizó desde mis pechos hasta mi vientre y separó mis piernas ligeramente, titubeó y decidió abrirlas por completo. Su cabeza desapareció de mi vista y sentí su lengua abrirse camino dentro de mí. No podía creer que yo me diera tanto a un hombre. Me acarició los labios vaginales, presionando alrededor de ellos, jugueteando con la lengua. Los saboreó un buen rato antes de llegar al clítoris y cubrirlo con la boca, libando de él hasta hacerme gritar de placer una vez más.

– ¿Qué estás haciendo conmigo?

– Todo lo que te has perdido hasta ahora.

– Esto es demasiado.

– Tú lo has dicho. Y ni siquiera hemos empezado.

Lo oí escupirse en la mano y sabía lo que eso significaba. Podía notar su brazo moviéndose arriba y abajo. Me levantó un poco las caderas y me preguntó si estaba lista.

– Si no lo estoy ahora no lo estaré nunca –dije sin poder evitar una risa nerviosa, casi eufórica. Fue una risa llena de incertidumbre y expectación. Fue una risa rematada con una sombra de temor.

¿Me va a doler esto?

Sentí la cabeza del pene y me sorprendió que lo sintiera como si no fuera a dolerme. Empujó más fuerte dentro de mí y sentí su presión, pero no me incomodaba. Me había preparado para el momento. Había pasado una hora asegurándose de que estaba completamente lubricada y lista para recibirlo. Sabía exactamente lo que hacía, probablemente porque conociendo el tamaño de su miembro era consciente de que podía hacer daño.

Lentamente, centímetro a centímetro, con cuidado, fue penetrando hasta que sentí dolor. Tragué saliva cuando sentí la extraña sensación, como si me hubiera descarnado. Luego, sentí que algo húmedo me recorría las piernas. Los dos sabíamos lo que era. Se detuvo por un momento y sus ojos buscaron los míos. Su alma, el reflejo de la mía.

– ¿Estás bien?

– No pares –dije.

Se clavó más en mí, haciéndome arquear la espalda. Lo agarraré por los hombros mientras me embestía. Su ritmo era continuo y fuerte. En ningún momento apartó los ojos de mí. La cama temblaba con sus empujes. Absorbí cada uno de ellos con dolor y placer, pero principalmente placer. Gracias a Dios. Me fundí con él y sus empujes se encontraron con los míos. Cuando alcancé el límite de mi excitación, arqueé el cuello hacia atrás y aullé.

– ¡Ahora!

Aquel grito me conmocionó de tal manera que hizo que me corriese. Una vez. Luego, otra. Y otra. De alguna manera, cada orgasmo parecía atenuar más la luz de la luna. Me llevé las manos a la cara mientras que él continuaba vibrando dentro de mí. Sentí como si estuviera flotando, como si fuera otra y me hubiera separado de mi cuerpo, que permanecía firmemente anclado a la cama por él. Me agarré otra vez a sus hombros ciñéndome a él, pero mi cabeza, mi corazón, mi cuerpo entero flotaban en el éter. Estaba en otro lugar. Él siguió martilleando, una y otra vez, bajando la cabeza para lamerme los pezones o para enterrar su boca en la mía, o en mis oídos, mientras que su sudor me goteaba. Era como una máquina, precisa y eficiente. Sin fatiga, como una barrena, me taladró, asegurándose en todo momento de que yo seguía allí con él. ¿Cuánto tiempo necesitaba? No podía ser mucho más.

Pero fue mucho más de lo que había esperado. Treinta minutos después, cuando su cuerpo finalmente se estremeció y, dando un rugido, se corrió y los dos estábamos agotados, supe a lo que me enfrentaba.

Él seguía encima de mí.

– Y ahora, ¿eres ya mi novia oficial? –preguntó.

No respondí. Aunque en mi corazón lo sentía así, no estaba preparada para comprometerme. Era algo que significaba mucho para mí. Mi padre me dijo una vez que nunca encontraría a nadie. Dijo que, en el hipotético caso de que lo encontrara, me dejaría en cuanto se diera cuenta de que yo no era más que una mala puta, como mi madre. No supe por qué lo decía, nunca supe lo que decía cuando estaba borracho. Pero aquella palabras se quedaron conmigo, grabadas en piedra, y me torturaba que aún a aquellas alturas de mi vida aún no había podido olvidarlas.

La cabeza me daba vueltas, pero Alex no parecía dispuesto a rendirse.

– Lo entiendo. Demasiado pronto. Pero, ¿eres solamente mía?

– Sólo si tú lo eres.

– En igualdad de condiciones, ¿no?

– Lo siento.

– No lo sientas – dijo tranquilamente–. Soy tuyo. Pero hace ya algún tiempo que lo soy.

– Tómame otra vez.

Y lo hizo. Tuvo una erección en cuestión de segundos. Se deslizó dentro de mí y me montó como a una yegua. No sabía dónde estaba ni quién era cada vez que me cambiaba de una posición a otra, más veces de las que yo creía posible. Pero no temía nada. Sabía que él era mío y yo de él. Mientras me penetraba a golpe de cadera y me susurraba apasionadamente al oído supe que no había vuelta atrás.

A pesar de su agresividad en la cama, no dejé de confiar en él por un instante. Parecía saber intuitivamente cómo colocarse para darme el mayor placer.

Así nos encontró la mañana, a la que vimos romper tras los cristales de la ventana. Cuando me corrí de nuevo, con el cuerpo roto por las convulsiones de un nuevo orgasmo, él sacó el pene, se puso a un lado y me pasó el brazo por la cintura. Al instante, me sumí en un sueño profundo.

CAPÍTULO DOCE

Me desperté sola. Me senté en la cama, decepcionada porque Alex no estuviera a mi lado, hasta que vi la hora en el reloj de la mesa de noche. Eran casi las once. Sin podérmelo creer, no dejaba de mirar la hora. Luego, sintiéndome culpable por haber dormido hasta tan tarde, empujé las sábanas y vi las manchas de sangre en medio de la cama. Como no tenía otra cosa a mano, me puse la misma ropa que llevaba el día antes y quité las sábanas y la funda del colchón.

Lo hice todo con algo de vergüenza, aunque entendía que lo de la sangre era natural. Aún así, prefería no verla y que él tampoco la viera.

Enrollé la ropa de la cama y cuando vi, con descanso, que no había manchado el colchón, es cuando empecé a sentir dolor. Estaba toda magullada, en especial en una parte a la que sentía que tenía que enviar flores, una tarjeta deseándole una pronta recuperación y una sentida disculpa.

Me volví para poner la ropa en el suelo y vi que Alex estaba afuera. Estaba al lado del agua, lanzando piedras. Llevaba unos pantalones cortos color caqui y el torso descubierto. ¿Es este el niño que era? ¿Es así como se olvidaba de sus padres?

Yo hacía lo mismo cuando era una niña, especialmente cuando mi tío me llevaba al mar a pescar langosta. Ver las piedras deslizarse y rebotar en el agua era calmante, casi hipnótico.

Me preguntaba cuántas cosas más no me había contado de su pasado, pero todo llegaría. Caí en la cuenta de que no sabía cómo habían muerto sus padres. ¿Cuánto tiempo hacía que habían muerto? ¿Qué edad tenían cuando murieron? A los treinta, Alex era relativamente joven para que los dos hubieran muerto. Aunque su madre tuviera treinta y cinco cuando él nació, tendría ahora sesenta y cinco. Demasiado joven para morir, a menos que tuviera problemas de salud. Lo mismo con su padre. ¡Morir tan jóvenes! Había algo más, pero deseché el pensamiento porque quería que me lo contara él mismo y porque tenía que apresurarme si quería estar medianamente decente cuando lo viera.

Era el momento de darme una ducha rápida. Fui al vestidor, encontré algo corto y gracioso que ponerme y me lo llevé al cuarto de baño. Cerré la puerta, me desvestí y me metí en la ducha acristalada. Abrí el agua, pero la mantuve a baja temperatura. La actividad física de la noche había generado el suficiente calor.

En las baldas de la ducha había todos los productos de Aveda que usaba en casa. Lisa debió decirle qué comprar. Sin duda. Pero lo que tenía delante de mí era una selección mayor de la que tenía en casa. Como un niño en una tienda de chucherías, elegí un exfoliante entre los diferentes tipos de jabón para la cara, metí la cabeza debajo del chorro de agua y empecé a enjabonarme. Veinte minutos después, estaba vestida y tenía el pelo seco y recogido en una cola de caballo. Me di un ligero toque de maquillaje. No necesitaba más. Mi piel estaba radiante después de aquella noche.

Cuando entré en el dormitorio me sorprendió ver que la cama estaba cambiada y hecha y que Alex estaba recostado en una de los sillones. Sin camisa y con las piernas abiertas, necesité toda mi voluntad para poder mirarlo a los ojos.

– Buenos días –dijo.

Dios mío, qué bueno está.

– Buenas tardes, casi –respondí.

– ¿Cómo te encuentras? –preguntó él.

Sabía por qué me lo preguntaba, y me sonrojé sólo de pensar una respuesta. – Estoy bien.

– ¿Bien sólo?

– Un poco magullada.

– ¿Muy magullada para más?

– No tanto, no para más. Pero dame la tarde, estaré dispuesta a la noche.

Busqué las sábanas de la noche anterior y vi que habían desaparecido. No quería que él viera la sangre, pero no había nada que pudiera hacerse ya. En algún lugar de la casa, él ya había puesto una lavadora mientras me estaba duchando. De nuevo, una sensación de vergüenza me invadió. Estaba abochornada.

Maldita sea.

Me acerqué a él, me senté en su regazo, le pasé los dedos por el espesor de su pelo y lo besé. Puse los brazos alrededor de sus hombros desnudos mientras él me acariciaba las piernas con su mano derecha.

– Anoche fue una noche maravillosa –dije–. Gracias.

– ¿Por qué me das las gracias?

– Porque sabías exactamente lo que hacías. Porque podía haber pasado de mil maneras diferentes. Y porque nunca lo olvidaré.

– Yo tampoco.

Me sonrió, pero la sonrisa no se reflejó del todo en sus ojos. Parecía distraído.

– ¿Te pasa algo? –pregunté.

– Nada importante. Cosas del trabajo, pero nada nuevo.

– ¿Hay algo que yo pueda hacer?

– Si tienes tanta hambre como yo, sí.

– No sabes hasta qué punto tengo hambre.

– Me imagino que te refieres a la comida.

– Quizás.

Me dio unos golpecitos en el trasero.

– Ayer, cuando llegamos, pasamos un mercadillo de comestibles. He pensado que podíamos conducir hasta allí y ver si encontramos algo que nos inspire para la cena. Es temporada de recolección. Tiene que haber todo tipo de verduras: tomates, patatas, brécol, todo. También me di cuenta de que sirven comida, aunque no me fijé en el menú. Algo con queso, me pareció.

– ¿Cómo lo ibas a saber? Ibas a toda velocidad.

– Pues sí. Pero ¿quién no con un coche así? ¿Qué dices?

– ¿Acerca del coche o del mercadillo?

– Del mercadillo.

– Venga. Comida orgánica de Maine. Nada mejor.

Le di también unos golpecitos en el trasero antes de que se levantara del sillón, levantándome con él.

– Ponte una camisa. No quiero que ninguna nena te coma con los ojos.

Fue a la que se suponía su habitación y salió con un polo blanco que le sentaba como una segunda piel y que lo hacía aún mas *sexy*, aunque sin la camisa parecía un dios olímpico.

– No creas que me voy a quedar de brazos cruzados si se te acerca a ti algún nene –dijo.

– Podría pasar. Algún joven granjero deseoso de encontrar una buena hembra...

– Estaré preparado.

– ...dispuesta a montar a horcajadas sobre un flamante semental. Uno de los más grandes.

– Como anoche.

Me reí nerviosamente. Me dio la mano y empezamos nuestro día.

– Alex, deberías comer algo con sustancia. Espero que tengan algo con las suficientes proteínas. Vas a necesitarlo esta noche.

Ahogó una risotada.

– Como si tú no. Lo de anoche fue sólo un avance. Esta noche, o cuando volvamos a casa, es cuando las cosas se van a poner interesantes.

– Fanfarrón.

– ¿Sí? Cuando lleguemos verás que estoy diciendo la verdad.

CUANDO SALIMOS DE LA casa hacia el Mercedes Roadster SL de Alex, que relucía a la luz del mediodía como la joya que era, noté la presencia de dos hombres que no había visto antes.

Uno estaba de pie a la derecha de la verja de entrada a la propiedad y el otro a la izquierda. Mi primera impresión fue que esos hombres no eran hombres corrientes. Eran algún tipo de agentes.

Llevaban gafas oscuras. Vestían completamente de negro y estaban parcialmente ocultos por el follaje de los árboles a ambos lados del sendero.

Lo que me alarmó es que cada uno de ellos llevaba un arma enfundada a la altura de la cintura y cierto instrumento de comunicación de tecnología avanzada sujeto a la cabeza, con micrófonos al lado de la boca. Cada uno de ellos tenía un diminuto auricular. Parecían concentrados y serios.

– ¿Quiénes son?

Alex mantuvo el tono calmado.

– Guardias de seguridad

– ¿Desde cuándo tenemos guardaespaldas?

– Llegaron ayer, un poco después que nosotros –dijo. Se volvió hacia mí–. Estabas demasiado distraída para darte cuenta.

– ¿Siempre viajas con guardaespaldas?

No tuvo tiempo de contestar porque el hombre a nuestra derecha le indicó que se acercara y empezaron a hablar. Me quedé al lado del coche e intenté escuchar, pero no pude oírlos. Una brisa inoportuna agitó las hojas de los árboles y Alex y el otro hombre estaban hablando demasiado bajo para que pudiera oír lo que decían. Miré al hombre a mi izquierda, me saludó cortésmente haciendo un gesto con la cabeza.

– Buenos días, Srta. Kent.

– Buenos días. ¿Llevan mucho tiempo aquí? ¿Quieren agua o que les traigamos algo de comer?

– No es necesario, Srta. Kent. Gracias.

Me recosté en el coche mientras Alex continuaba su conversación. Y entonces vi a otro hombre. Enfrente de mí, al otro lado de la carretera, había un Range Rover negro aparcado. De pie, al lado de la puerta del conductor, había un hombre vestido de forma similar a los otros. Llevaba también un arma y la misma parafernalia en la cabeza.

¿Qué coño es todo esto? Pensé.

– ¿Lista? –preguntó Alex, acercándose de regreso al coche.

– Completamente. ¿Bajamos la capota?

– Dejémosla subida hoy. Han anunciado chubascos.

– No hay una sola nube, Alex.

– El clima en Maine puede cambiar repentinamente. Ya lo sabes. Vamos. Estoy hambriento.

Nos subimos al coche y nos pusimos el cinturón de seguridad. En la calle, vi que el hombre del Range Rover entraba en el coche. Al abrir la puerta, vi a otro hombre sentado en el asiento del pasajero.

– Esto es inusual –dije–. ¿Cuatro escoltas?

Arrancó el coche y me puso la mano en el muslo.

– Procura ignorarlo. Están haciendo su trabajo –dijo.

– ¿Protegiéndote de qué?

Iba a entrar la velocidad, pero se detuvo. Me miró.

– Todo el tiempo que has estado conmigo, desde aquella primera noche en el Four Seasons, he tenido escolta conmigo. Es que simplemente, aquí, lejos de la ciudad, es mucho más llamativo que cuando estamos en un sitio lleno de gente. Es algo que hago por precaución. Lo hago por una razón y tú sabes cuál es. Por mi posición y mi dinero, soy siempre un blanco. Por eso están ellos aquí, para asegurarse de que no lo sea. Están haciendo su trabajo. Y en caso de que algo suceda, que no es que vaya a suceder, estamos protegidos. ¿De acuerdo?

– Me va a llevar algún tiempo acostumbrarme. Pero lo entiendo. Es algo nuevo para mí. Eso es todo.

Entonces caí en la cuenta.

– Espero que no me oyeran anoche. Me moriría de vergüenza.

– Siempre están a unos cien metros de distancia. Me parece difícil que oyeran algo.

– Espero que tengas razón porque no voy a reprimirme cuando volvamos.

Se rio, puso el coche en movimiento y bajamos la carretera a toda velocidad, el Range Rover pisándonos los talones. Alex deslizó la mano buscando mi entrepierna, la cerró sobre mi vagina y empezó a estimularme pausadamente haciéndome saber, sin lugar a dudas, lo que me aguardaba más tarde.

AQUEL MERCADILLO QUE Alex vio cuando pasamos por allí el día anterior fue una bocanada de aire fresco que me devolvió recuerdos de mi tía Marion, casada con mi tío Vaughn y uno de los grandes disfrutes de mi vida. A sus setenta años se pavoneaba con más insolencia que Beyoncé a los treinta.

Ya había muerto. ¡Cuánto la echaba de menos! A veces, cuando mi tío Vaughn salía a pescar, mi tía me sacaba de casa y, si era al final del verano, solíamos ir a lugares así. Disfrutábamos paseando entre las verduras frescas, la fruta, las hierbas, y conspirando juntas la cena.

Tal como Alex y yo nos disponíamos a hacer.

Miré a mi derecha justo en el momento en que el Range Rover se paraba al lado del Mercedes, rodeándolo con una nube de polvo.

Buen trabajo, pensé. *Y sutil.*

Pedí al cielo y al infierno que los hombres no se bajaran del coche, pero no sirvió de nada. Uno de ellos se bajó. Me giré para mirarlo. Vi cómo rastreaba a las diez o doce personas que paseaban por el mercadillo, cesta en mano, escogiendo cuanta verdura podían meter en ella. Algunas lo miraban a él también, pero no parecía que le importara tanto como él a ellos. Aquel no era sitio para sentirse amenazados por un arma. Más tarde, le preguntaría a Alex si podrían relajarse un poco y ser más discretos.

– Creo que sé lo que querías decir acerca del menú –le dije, dispuesta a ignorar por el momento a nuestra guardia y dedicar mi tiempo a Alex–. Parece que tienen *paninis* caseros recién hechos. Y té frío. Para mí eso basta. ¿Para ti?

– Por completo.

– Me alegro, porque estoy muerta de hambre.

Me acerqué a un mujer mayor que estaba detrás del mostrador y le sonreí. Tendría sesenta y tantos años, gruesa y llevaba un vestido estampado, con toda seguridad hecho por ella, ligero y confortable en apariencia. Tenía ojos azules y no llevaba maquillaje, el pelo canoso recogido en un pañuelo.

– Hola –dije.

Me saludó con la cabeza mientras yo leía el menú en la pizarra que tenía a su espalda. No había sólo *paninis*. En el refrigerador de vidrio que tenía delante de mí había todo lo que una chica de Maine podría desear. Una ensalada de patatas tradicional. Macarrones con queso, que seguramente calentarían antes de servir. Una ensalada de patatas a la francesa, con una pinta deliciosa, repleta de hierbas y cebolleta y muy probablemente aliñada con limón y vinagre. Rodajas frescas de tomate con albahaca y *mozzarella* en una fuente. Había postres por todas partes. A elegir. Todos parecían deliciosos.

Alex me pasó la mano por la cintura.

– ¿Ha hecho usted todo esto? –le pregunté.

– Algunas cosas. Yo hice las ensaladas. Mis hermanas hicieron la mayoría de los postres. Excepto este, que lo hice yo –dijo señalando a una cesta llena de bizcochos de chocolate.

– Tienen buena pinta. Pero es la ensalada de patatas a la francesa la que me está llamando a gritos.

– Es la receta de mi abuela. También la he hecho yo.

– He vivido en Maine toda mi vida. Hacía mucho tiempo que no venía a Harbor Point.

– ¿Desde cuándo está fuera?

No le había dicho que me había marchado. ¿Qué había visto en mí que le hizo decir eso? ¿Cuánto había cambiado desde que salí de Maine que lo hacía tan evidente?

– Sólo unos cuantos meses.

– Todavía una chica de Maine –me dijo–. Y guapa. Me recuerda a mi hermana cuando era joven. Ella era la guapa de la familia. Siempre divirtiéndose colgada del brazo de algún pretendiente. Su pelo y sus ojos, sobre todo, me recuerdan a ella. No había forma de mantener a los hombres a distancia. Nuestro padre no daba abasto.

– Por eso ella me tiene a mí –dijo Alex.

La mujer lo miró con una sonrisa astuta en la cara.

– Usted no es de Maine. Me fijé en el coche que trae. Llamativo. Y en otros detalles. Suerte con los de aquí en lo que se refiere a ella.

– Tomo nota –respondió él.

Podía oír la agitación en su voz y decidí cambiar el rumbo de la conversación

– ¿Qué te gustaría?

– No sé por dónde empezar. Todo parece bueno. Dímelo tú –dijo Alex– Hace mucho tiempo que no venía por aquí.

– ¿Solía venir por aquí? –preguntó la mujer.

– Sí – dijo Alex–. De niño. Veraneé aquí quince años seguidos.

– Vive en Harbor Point, ¿verdad?

– Así es.

La mujer me miró y en su mirada vi un cúmulo de preocupaciones que no me era desconocida. Alex y yo veníamos de dos mundos diferentes. Ella lo sabía. Estando tan cerca de Harbor Point, probablemente lo sabía mejor que yo. En este rincón de la costa, donde los ricos eran una afrenta para los pobres, él era lo que llamaban un tipejo de verano, algo que los lugareños tomaban con mucha precaución. Para ella, él no era más que uno de aquellos niños adinerados y consentidos. Y eso no les caía bien a los habitantes del lugar que tenían que ir a la lavandería, hacerse su propia comida y llegar malamente a fin de mes. La mujer no disimuló su antipatía, dibujada en la expresión cáustica de sus ojos, y eso me gustó. Su honestidad era lo que echaba de menos de Maine. Los neoyorquinos eran directos, pero los de Maine podían decir más con una mirada, o simplemente con un silencio, que con mil palabras.

Alex y yo continuamos hablando y decidiendo qué comer. Cuando lo teníamos decidido miré a la mujer, que a su vez nos miraba con perplejidad.

– Listos –dije. Me pregunté si le parecíamos una pareja aún reciente, si habría estado alguna vez con uno de esos tipejos de verano cuando era joven. ¿Es eso lo que vi en sus ojos? ¿Un recuerdo? Un rato antes nos había dado conversación, pero ahora parecía que estaba mirando al pasado a través de mí. No me oyó cuando le hablé, pero yo sabía por qué. Vernos a Alex y a mí juntos la había llevado a otro tiempo de su vida. Lo tenía escrito en la cara. Vi cómo le cambiaba con cada emoción que sentía, felicidad primero, luego una especie de anhelo y después una tristeza evidente. Me pregunté dónde estaría y con quién, dónde la había llevado la vida para que ahora se sintiese así.

¿Quién era el que se fue?

Me aclaré ligeramente la garganta y ella volvió en sí. Le dijimos lo que queríamos, dos *paninis* caseros con tomate y *mozzarella*, dos porciones de ensalada de patatas a la francesa y dos vasos de té frío sin azúcar, y nos fuimos a sentar a una de las mesas de *picnic*. Nos sentamos y Alex me lanzó una mirada cómplice.

– ¡Qué mujer tan rara! –dijo.

– ¿De verdad? Me pareció genial.

– Mmm...

– ¿No la recuerdas? –pregunté.

– ¿De qué?

Cogí mi *panini* y lo miré directamente a los ojos.

– De tu niñez. Las mujeres de Maine no han cambiado tanto, especialmente aquí, en la costa. Si vas a Bangor es diferente. Aún más si cometes el error de ir a Portland, que se muere por ser Boston. A esos ni los contamos como parte de Maine porque no lo son. Pero aquí, aquí es siempre los mismo. Debes estar familiarizado con ella.

– Recuerdo mujeres como ella. Recuerdo también que yo no les gustaba mucho.

– Bueno, eras rico. Ellas pobres y pasándolas canutas. Tú llevabas ropa cara. Ellas llevaban ropa de segunda mano y lavaban tu ropa para poner comida en la mesa. Ellas se sienten dueñas de la costa de la que se apoderaron la gente con dinero. Vendieron por necesidad y por eso sólo tienen acceso a la costa en contados puntos del litoral. Es complicado, pero años de resentimiento han levantado un muro entre los dos mundos.

– Es comprensible.

– ¿Qué tal tu bocadillo?

– Me está deprimiendo.

– Lo siento. Pero esta es mi casa. Es de donde vengo. Yo podría haber terminado como ella, deseando haber tomado otro camino y tenido las agallas de darme la oportunidad de tener una vida mejor. ¿Te fijaste en su mirada cuando nos vinimos? Rompía el corazón. Estaba recordando algo de su pasado. No puedo saber qué, pero era evidente que recordaba una oportunidad perdida. O algo así. Lo he visto muchas veces mientras vivía aquí como para no identificar esa expresión. Por eso me esforcé duramente en la universidad, decidida a salir de este agujero, con Lisa a remolque. Por favor, no pienses que la estoy culpando por su suerte, porque no es así. Ella me recuerda a algunos de mis más queridos y estoicos parientes. Lo que me come por dentro es lo de siempre, mis padres otra vez. Mi padre esperaba que yo fuera como ella. Como mi madre siempre se negó a contradecirlo o recriminarle la forma como me trataba, supongo que ella también esperaba lo mismo. Por eso, tan pronto como pude me alejé de aquí y de ellos.

– Siento que pasaras por todo eso, Jennifer. Nadie merece eso.

– Hasta cierto punto estoy... ¿cómo te diría? Ciertamente, no agradecida. Pero extrañamente, acepto haber pasado por lo que pasé. Por supuesto, no estoy en paz con todo aquello. No sé si tiene sentido. Lo que intento decir es que lo que viví con ellos me ha hecho la persona que soy hoy. Quería algo mejor para mí e hice lo que pude por eso. Odiarían si les dijera a la cara que la forma en que me trataron de hecho me ha ayudado.

– Y te ha dejado cicatrices.

– De la misma forma que tus padres te las dejaron a ti.

No reaccionó a lo que dije. En lugar de eso, cambió de tema. Con la atención ahora en él, la conversación se había terminado. Cogió su bocadillo y le dio un bocado.

– La verdad es que está delicioso –dijo–. ¿Y el tuyo?

Le perdonaba todo a lo que no podía enfrentarse porque yo misma había estado en su lugar por muchos años. Sabía lo difícil que era enfrentarse al pasado, especialmente con lo que respecta a tus padres. Nunca lo juzgaría por guardar silencio. Quería decirle que tanto si uno es Alexander Wenn como Jennifer Kent, todos tenemos que enfrentarnos a nuestros demonios. Para seguir adelante tenemos que admitir lo que nos han hecho o permaneceremos paralizados, como la mujer que nos sirvió, o estancados en un pasado que lamentamos. Paralizados, estancados. Es lo mismo. Yo estaba dando los pasos necesarios, pero aún me quedaba un largo camino por andar antes de que expulsara todos mis demonios.

Aparentemente, él también tenía un largo camino por delante. Ninguno sabíamos quién era el otro, más aún cuando renegábamos de quienes fuimos porque lo hacía todo más fácil. Sólo nosotros mismos sabíamos quiénes éramos. Pero esperaba que un día él se atreviera a mirar dentro de sí para saber quién era Alex Wenn sin el abuso de sus padres y sin la devastadora pérdida de su esposa porque una buena parte de esa otra persona lacerada ya no existía.

Mantuve la voz baja cuando volví a hablar, la fealdad de mi vida anterior desvanecida con la brisa. No iba a permitir que me arruinara el día.

– Todo gracias a los tomates –dije, dando otro bocado–. Y al queso. Encogí los hombros mientras masticaba.

– Bueno, y también al pan.

– ¿Satisfecha? –preguntó cuando terminamos.

– Yo sí. ¿Y tú?

– Ni te imaginas lo satisfecho que estoy –contestó.

CAPÍTULO TRECE

Cuando nos fuimos del mercadillo llevábamos tres bolsas de papel llenas de verduras, queso, pan, ensaladas y dos matas de girasoles. Milagrosamente, todo nos cupo en el diminuto maletero del Mercedes.

Mientras metía la bolsas de forma que nada se saliera de ellas en el viaje de vuelta a casa vi que Alex hablaba otra vez con uno de los escoltas. Movía las manos y le indicaba algo en su teléfono móvil. El hombre miró el teléfono y Alex continuó hablándole.

Algo pasa. ¿Pero hasta qué punto debo meterme? No discutiría un asunto de negocios con los escoltas, sino con la junta directiva. O incluso conmigo. ¿Qué está pasando?

Cuando venía hacia el coche parecía tenso, hasta que me vio. Entonces se le iluminó el rostro. Pero fue un cambio demasiado repentino, como si pulsara un interruptor, y mis sospechas se acentuaron. Nos metimos en el coche.

– ¿Pasa algo, Alex?

– La misma mierda de siempre.

– ¿Cuál es la mierda de siempre?

– La gente –dijo–. Cuando nos vimos por primera vez, cuando te entrevistaste con nosotros, te dije que no me importaría dejar Manhattan y vivir en Maine. Pero realmente no puedo hacerlo, así que tengo que aguantar todas las inconveniencias. Todo el tiempo. Por lo general, me ocupo de todo, pero aquí, contigo, no quiero que me molesten. Lo siento, estoy irritado.

– No te preocupes. ¿Qué es lo que pasa?

– Preferiría no hablar de ello. Ya está solucionado. No es que quiera mantenerte al margen, Jennifer, esa no es mi intención. Todo lo contrario. Quiero que se encarguen de todo lo que se tengan que encargar para estar contigo en todo momento. Deja que sean ellos lo que se preocupen de las estupideces

¿Qué estupideces?

– Muy bien, pero si necesitas hablar... Ya sabes.

–Te lo agradezco –dijo, arrancando el coche–. Y gracias por dejarme desahogarme y lidiar con esto a mi manera. Vine aquí a descansar y a sacar el mayor provecho de mi tiempo contigo. Y eso es lo que pienso hacer. Ellos se hacen cargo del resto

¿Qué es el resto?

CUANDO VOLVIMOS A LA casa, aparcamos a la sombra de un olmo y vaciamos el maletero. Uno de los escoltas quiso hablar con Alex, pero el le indicó que hablara con el otro escolta, que en ese momento estaba aparcando su Range Rover en la calle.

– Scott ya me ha informado –dijo Alex–. Jennifer y yo no queremos que se nos moleste el resto del día a menos que se algo crítico. ¿Entendido? Crítico.

– Sí, señor.

– Gracias, Ben.

¿Qué podría ser crítico?

Entramos en la casa cargando las bolsas. Mientras que Alex metía la compra en el ya repleto frigorífico, corté los tallos de los girasoles con un par de tijeras que encontré en un cajón.

– ¿Tienes un florero alto? –pregunté.

– Claro.

Salió de la cocina y volvió con uno. Me besó en la nuca. Arreglé las flores, llené el florero de agua y admiré brevemente el *bouquet* antes de llevarlo al comedor y ponerlo en el centro de la gran mesa rectangular.

Alex me abrazó por detrás, poniéndome los brazos alrededor de la cintura.

– Es precioso –dijo.

– Me encantan los girasoles.

– ¿Te gustaría dar un paseo conmigo por la playa?

– Encantada.

Bajamos las escaleras de madera que conducían hasta la línea de playa. Aún con la brisa del mar, en los primeros días de septiembre, todavía era lo suficientemente pronto para estar cómodo con unos pantalones cortos y una camiseta ligera. Miré a los lejos y me fijé, por primera vez, que no había más casas después de la de Alex.

– ¿Cuánto terreno de playa te pertenece? –pregunté.

– Casi todo lo que ves.

Me volví hace él.

– ¿Tú eres el dueño de todo esto?

– Mis padres lo eran, supongo que ahora lo soy yo.

Quería preguntarle cómo habían muerto sus padres, pero también quería mantener el ambiente sin más tensiones. Esperaría a que él me lo contara. Sabía que podía buscarlo en la red de internet, pero eso me parecía una invasión de terreno. Ya me lo contaría cuando estuviera listo.

Le dí la mano, él la cogió, apretándola contra la suya, y me acercó a él. No supe lo que sentí cuando sus dedos se cerraron sobre los míos, una urgencia, un deseo, pero si sé que era algo importante. Algo le ocurría que no quería discutirlo conmigo. Necesitaba respetar su privacidad tanto como esperaba que él respetara la mía si hubiera algo de lo que yo no quisiese hablar. Pero desde donde él estaba, nuestros problemas pertenecían a mundos diferentes. No me imaginaba lo que podría ser. Nunca lo había visto así antes. Era una tensión diferente a la tensión que acarrea el exceso de trabajo. Era otra cosa.

Anduvimos unos diez minutos antes de que la naturaleza hiciera de las suyas. Poco a poco, sentí que se iba relajando. Su mano no me apretaba tan fuertemente. Se fue distendiendo al contacto con la mía. Respiró hondo, como limpiándose los pulmones y ya sólo fuimos los dos con el mar doblándose sobre la arena o rompiendo a nuestro alrededor entre las rocas. Las gaviotas planeaban sobre nuestras cabezas con la cacofonía de sus llamadas. Me solté de su mano, levanté los brazos, me deshice la cola de caballo y sacudí el pelo dejando que la brisa lo peinara. Fue una sensación maravillosa. No me quitó los ojos de encima y pude percibir un cambio en él.

Se detuvo y se volvió hacia mí.

– Siento lo de hoy.

– Sé que algo te está molestando. Cuando quieras contármelo, hazlo. Pero no hay necesidad de disculparse.

– Gracias.

– Tampoco hay necesidad de darme las gracias.

– Es que hay ocasiones en mi vida en que las cosas se van a la mierda en un abrir y cerrar de ojos. No puedo evitarlo. Te lo diré otra vez, porque merece ser repetido. Todo lo que quiero este fin de semana es estar contigo y tener una cierta normalidad.

Se inclinó, me cogió la cara con las manos y me besó en los labios.

– Y quiero hacerte el amor, Jeniffer. Ahora.

Deseé que no hubiera usado esa palabra, amor, pero nada lo podía parar. Hasta que yo supiera que lo que había entre nosotros era real y que era amor de verdad lo que estaba surgiendo entre nosotros, prefería que dijera que quería estar conmigo. Era mejor así. Contentaba a mis demonios. Si no, nos confundía mucho a mis demonios y a mí. Mi desconfianza se apoderaba de mí y las barreras hacían su aparición.

Pero no iba a dejar que me arruinaran el momento. No ahora. No después de anoche y no después de esa confesión de amor.

– ¿Ahora? ¿Quieres que lo hagamos aquí? –pregunté.

– ¿Por qué no?

– Porque estamos en campo abierto.

– ¿Y eso no te pone?

Hablaba retándome y yo respondí al reto. Raramente dejaba pasar uno. Miré a nuestro alrededor. No parecía haber un alma a la vista, aunque eso no quiere decir que alguno de los escoltas no estuviera al acecho oculto tras los árboles.

– ¿Y si nos viera alguien?

– ¿Y qué si nos viera?

– Nos podrían arrestar

– Esto es propiedad privada. Ven aquí. Está seco. No hay rocas, sólo grava menuda y algo de arena. Ven.

El día había sido una amalgama de curiosidades. Esperaba que esto hubiera sucedido por la noche, no antes de atardecer. Y ciertamente no allí. Quería que fuera como la noche anterior, cuando estábamos en sintonía y antes de que yo supiera que algo le preocupaba y que había hombres que lo escoltaban y vigilaban su propiedad por alguna razón desconocida para mí. Quería retomarlo donde lo habíamos dejado, así que lo seguí desde la orilla del mar hasta la arboleda. Me senté y lo miré. El sol brillaba a sus espaldas, sumiendo sus facciones en la oscuridad.

– Quítate la camiseta –ordenó.

– Quítate los pantalones.

– La camiseta primero.

– Lo hacemos a la vez o nada de nada –dije.

– ¿Tenemos que estar siempre en igualdad de condiciones?

– Probablemente no. Lo más seguro es que fluctúe. Pero ahora mismo sí.

– Muy bien. Entonces, camiseta por camiseta.

– Me parece bien.

No sabes lo bien que me parece

Nos quitamos la camiseta a la vez. Extendió su camiseta en el suelo, a mi izquierda, luego cogió la mía y la puso a continuación de la suya, improvisando una especie de manta.

– Levántate –me dijo.

Lo hice.

– Vuélvete.

Seguí sus órdenes.

Me sacudió la arena del pantalón y me pidió que me sentara sobre las camisetas.

– Para evitar la arena. No te gustaría sentirla dentro.

Respondí en silencio, abriendo los labios como para agradecer la información.

- Para ser justos, tienes que quitarte el sujetador. Entonces estaremos en igualdad de condiciones.

Dudé un instante, pero me lo quité, sin poder evitar un escalofrío de deseo mezclado con la excitación de ser descubiertos. ¿Cómo podía saber exactamente qué hacer para producirme esa excitación? ¿Era yo tan fácil de leer, tan transparente? Nunca creí que lo fuera, pero él sabía, sin duda, lo que hacía conmigo. Empezaba tanteando los límites de mi autoimpuesta disciplina. Me llevaba hasta la frontera de lo que yo me permitía a mí misma y allí empujaba un poco más hasta sacarme de mi terreno, pero nunca tan lejos que me hiciera sentir incómoda. Era malévolamente hábil en eso, pero mentiría si dijera que no me gustaba. Alex era capaz de ponerme nerviosa, pero no hasta el punto de que quisiera huir de él. Había perfeccionado ese equilibrio.

En él, yo era su sierva.

Se quitó los pantalones. Me sorprendió ver que no llevaba calzoncillos. Su pene, largo y flácido, colgaba hermoso entre las piernas. Pensé que era perfecto y ahora, con la claridad del día, a pesar del contraluz, podía admirarlo mejor que la noche anterior. Verlo fue suficiente para encenderme el deseo. Quería tocarlo, pero sabía que no iba a poder hacerlo hasta que yo estuviera completamente desnuda.

- Ahora te toca a ti –dijo ásperamente.

Me los quité y noté su expresión de sorpresa y descreimiento cuando vio que no llevaba bragas. Lanzada, abrí las piernas y me tumbé, anclándome con los brazos en su camiseta. Ya estaba húmeda. Él lo sabía. Su rostro se hizo más oscuro a medida que su sombra me recorría el cuerpo.

Sin decir una palabra, se dejó caer de rodillas, teniendo cuidado de poner las manos en la camiseta para que no se llenaran de arena. Me miró a los ojos un instante. Un atisbo de sonrisa se dibujó en sus labios y entonces, con una fuerza inesperada, enterró la boca entre mis piernas.

Me penetró con la lengua, obligándome a arquear la espalda en éxtasis y retorcerme de excitación, mientras que los cañones de su barba me producían sensaciones que intensificaban sus movimientos. Me cubrió el clítoris con la boca, chupándolo y mordisqueándolo, y me llevó al orgasmo más rápidamente de lo que yo esperaba. Era aún una sensación extraña para mí. ¿Cómo podía haberme negado esto a mí misma por tantos años? Pero tenía mis razones y no me arrepentía. Por alguna razón estaba con Alex ahora. Por alguna razón fue él quien me quitó la virginidad. Por alguna razón estaba a punto de llevarme al orgasmo otra vez. Me restregaba el clítoris haciendo pequeños círculos con su barbilla. Quería suplicarle que parara. El placer era casi excesivo. Levantó sus ojos encapotados buscando los míos. Había un fuego entre los dos que ardió hasta hacerme explotar de nuevo.

Me derroté en las camisetas, pero él aún no había terminado conmigo. Tenía ahora su boca en la mía. Sentía mi propio sabor en sus labios. Y entonces, tan meticulosamente como lo había hecho la noche anterior, empezó a recorrer mi cuerpo hacia abajo. Bajó la cabeza para darles cuidados a mis pechos y así estuvo, sin descanso, hasta que me penetró con un dedo y me pidió que apretara. Así lo hice y él empezó a cavar hondo dentro de mí. Primero un dedo, luego otro... y finalmente otro. Me sentía colmada y a punto de correrme otra vez. Empezó a acariciarme el clítoris con su pulgar y me sentí enloquecer. Negué con la cabeza mientras que una ola rompía en algún lugar dentro de mí.

– No puedo hacerlo otra vez –dije.

– Sí puedes.

– No ...

– ¡Ven!

Vine. Y fue más poderoso que el anterior. Cerré los ojos mientras sentía sus dedos salir de mí. Y entonces fue a él a quien sentí dentro. Empezó a golpear con largos, pausados movimientos, empujando su cuerpo hacia arriba en cada avance para asegurarse de que alcanzaba mis rincones más sensibles. Sus ojos se deslizaban por mi cuerpo con tal intensidad que no podía mirarlo. Volví la cabeza a un lado. Con delicadeza, su mano me volvió a girar para que lo mirara a través de mis pestañas.

– No te vuelvas.

– Es demasiado.

– Déjate llevar.

Sentí como si un peso se liberara de mi estómago. Me sentía ligera mientras me penetraba. Oía los sonidos guturales que emitía, sentía su aliento tórrido contra mi piel, escuchaba la llamada de las gaviotas que sobrevolaban nuestras cabezas y me uní en vuelo a ellas. Abrí aún más las piernas y acompañé cada uno de sus empujes con otro mío.

– Así, así –gimió.

Me clavé contra él una y otra vez. Me había enterrado en la arena con una furia que desconocía en mí. Quería hacerlo venir. Quería hacerlo sentir lo que él me había hecho sentir varias veces ya. Me apoyé en un codo y con la mano que tenía libre me agarré a su nuca, empujándome hacia él.

– Más –dije.

– ¿Qué te pasa?

– Más deprisa –dije.

– ¿Qué es esto?

– Fóllame –dije.

Nunca había usado esa palabra con él, pero ahora sólo éramos dos animales salvajes y sin duda lo había excitado.

– ¿Eso es lo que quieres? –dijo–. ¿Quieres que te folle?

– Sí, hijo de puta. Fóllame.

Me apreté alrededor de su pene con todas mis fuerzas. Le incliné la cabeza y nos besamos de verdad, apasionadamente. Esta vez fue mi lengua la que bajó a su garganta. Gimió, casi sin aliento, no lo dejé ir hasta que yo misma necesité aire. Apreté entonces mi boca contra su oído.

– Así. Así, Alex. Fóllame.

– ¡Para!

– Más deprisa.

– Jennifer...

– No tengas miedo. Sigue. No voy a romperme.

Y seguimos. Durante los minutos siguientes estuvo imparable. Y yo también. En ese momento no estaba segura si podría llegar hasta el final, pero lo hice. A la vez que él. Me apreté contra él y le mordí un pezón. Fue definitivo. Me mantuvo la cabeza contra su pecho hasta que rebosó dentro de mí, manchando de gotas la camiseta.

Se dejó caer encima de mí y yo lo abracé. Estaba jadeando. Yo también. Y entonces empecé a reírme. Levantó la cabeza y me miró. Mi risas se volvieron carcajadas.

– ¿Por qué te ríes? –preguntó con una sonrisa en la cara.

– ¿De verdad me lo preguntas? Ha sido uno de los mejores instantes de mi vida. Estoy mareada. Dios mío, no tenía idea de que pudiera ser así.

– No lo sería con cualquiera –dijo–.

– ¿Cómo puedo saberlo?.

– Confía en mí.

Tomé aliento y lo besé en los labios. Tenía la cara y el pelo sudorosos.

– Confío en ti, Alex. Espero que sepas lo que significa para mí decir algo así. No lo digo a la ligera.

– Ya sé que no y te lo agradezco. Me estoy enamorando de ti, Jennifer.

Por favor, no lo digas.

– ¿Eres sólo mía? –preguntó.

Eso sí podía aceptarlo.

– Ya sabes que sí. ¿Por qué sigues preguntándomelo?

– Porque necesito estar seguro –dijo–. No quiero perderte, pase lo que pase.

– ¿Qué va a pasar?

– Nada que no pueda solucionar –dijo.

– ¿Qué significa eso?

– Nada que deba preocuparte. Sólo necesito saber que eres sólo mía.

Volví a asegurarle que lo era. Pero sabía que, de alguna manera, especialmente después de ese día con los guardaespaldas, trataba de protegerme de algo. ¿De qué? No lo sabía. Pero me atemorizaba. Algo estaba pasando y yo no tenía control sobre ello. Me abracé fuertemente a él y permanecimos así, desnudos y exhaustos, hasta que volvimos en nosotros mismos, nos vestimos y nos fuimos a casa.

MÁS TARDE, ESA NOCHE, después de cenar los tomates, calabacines, pepinos, ajo, zanahorias y patatas que asamos rociados de aceite y luego mezclamos con las especias que compramos en el mercadillo, nos relajamos en el salón, mirando al mar y a la montaña.

Alex sirvió una copa de Pinot Grigio para cada uno y la disfrutamos en silencio, viendo los coches rodear Cadillac Mountain, pero también perdidos en nuestros propios pensamientos acerca de lo que había sido un día enervante y excitante.

Empezamos el día con un equipo de seguridad del que yo no sabía nada, lo pasamos bien comiendo, a pesar de que no nos quitaban ojo de encima, y luego habíamos estado juntos por segunda vez, esta vez a campo abierto, en la zona de playa que pertenecía a Alex.

Dos veces esa noche los de seguridad pidieron a Alex que se reuniera con ellos. En cada una de las ocasiones volvió deshaciéndose en disculpas, pero no dijo nada de lo que pasaba. No le pregunté. Si íbamos a ser uno, esta era la prueba. Tarde o temprano, necesitaba decirme lo que estaba pasando. Sólo tenía que esperar a que me lo dijera.

Pero no lo hizo esa noche.

Cuando lo llamaron una tercera vez y no me ofreció ninguna explicación al salir, di el día por terminado. Fui arriba, a nuestro dormitorio, me puse una camiseta y unos pantalones de dormir y me fui a la cama mientras que él se hacía cargo de lo que fuera que no quería que supiese.

Cuando vino a la cama, ya lo había oído entrar en la habitación, silenciosamente, y quitarse la ropa. Pero cuando se metió entre las sábanas, empecé a respirar profundamente, queriendo convencerlo de que estaba dormida y sin deseos de que me molestaran. Me dio un beso en el hombro y otro en la nuca. Luego se acostó, me pasó un brazo por encima y se arrimó a mí y pude sentir su afecto. Quería volverme y darle un beso de buenas noches, pero estaba molesta porque no quisiera compartir conmigo lo que era una problema evidente.

¿O no lo era?

Abrí los ojos, mirando a la oscuridad. Quizás era así como vivía. No lo sabía. Estaba confundida. Él era multimillonario. ¿Había alguien detrás de él? ¿Podría ser eso? Si lo era, ¿era algo normal para él? Sólo deseaba que me lo contara todo, aunque percibía que me protegía de la verdad con su silencio. Quizás, en este momento de nuestra relación, no quería decirme cómo era su vida realmente. Quizás pensaba que eso me alejaría de él.

¡Tantos quizás!, pensé. En ese momento cerré los ojos y me puse a dormir.

CUANDO LLEGÓ LA MAÑANA también lo hicieron las malas noticias. Volvíamos a Manhattan. Por alguna razón, nuestro viaje a Maine había llegado a su fin.

– Lo siento –dijo Alex cuando me informó que nos íbamos.

– Dos días son mejor que uno, supongo.

– Gracias por hacérmelo fácil.

Decidí que había llegado el momento.

– No lo entiendo. No me has dicho nada, pero algo pasa. No soy tonta, Alex. No voy a meterme en tu vida, como espero que tú no te metas en la mía, pero yo había venido para pasar una semana contigo. No voy a pretender que no estoy decepcionada.

– Lo siento.

– No importa. Me hará ilusión ver a Lisa y el nuevo apartamento. Necesito corregir su libro, que ya está acabado, como le prometí que lo haría. Me imagino que me permitirás tomarme libre los próximos cinco días, aunque no estemos en Maine.

– Sí, claro. Si necesitas más, tómate lo que necesites. Sólo espero que sigamos viéndonos durante ese tiempo.

– Depende de lo rápidamente que pueda corregir el manuscrito. Ella significa mucho para mí y es una persona a la que nunca dejaré en la estacada. Pero terminaré a tiempo de llegar a la Wenn puntualmente. Para entonces, espero que haya terminado la situación por la que estás pasando.

Era consciente de lo frío que sonaba lo que dije, pero no pude evitarlo. Él me consideraba su *novia*. Si algo importante pasaba, debería confiar en mí lo suficiente como para decirme qué era. No entendía por qué no lo hacía.

Y entonces me vi a mí misma. Todo esto, de alguien con serias dificultades para confiar en nadie. Ya que yo no me había pronunciado en cuanto a nuestra relación, ¿por qué iba él a confiarme algo personal? Quizás quería mantenerlo en privado por el momento. Su vida era más complicada que la mía. Lo sería siempre. Necesitaba o bien aceptar eso o bien ser justa y comprometerme de forma definitiva, o terminar la relación.

Esto último no iba a suceder. Estaba demasiado enganchada para dejarlo ir, así que ahora sólo necesitaba tragarme el orgullo y entender que su vida, con todas las complicaciones que eso acarreaba, estaba a otro nivel. Salir con Alex no iba a ser como salir con alguien con una vida normal. Este era un territorio completamente diferente y necesitaba estar preparada para vivir en él o abandonar el escenario.

Me decidí por lo primero y le pedí disculpas por mi tono.

Una hora más tarde estábamos en el avión de vuelta a Nueva York. Me preguntó si me gustaría sentarme a su lado, pero decidí sentarme al otro lado del pasillo porque tenía la sensación de que quería que no lo molestasen. Y yo también necesitaba acostumbrarme a lo que estar con él significaría para mí. Una vez que lo entendiera y aceptara las cosas serían más fáciles.

Una vez que despegamos fue un viaje silencioso. No nos dimos ninguna conversación en todo el trayecto. Mantuve la cabeza inclinada sobre mi Kindle intentando leer una novela de misterio, pero estaba demasiado distraída para leer una página de una vez. Intentaba descifrar una situación que no entendía y no podía hacerlo. Miré hacia él varias veces. Tenía la mirada clavada en su portátil y escribía sin interrupción. ¿Qué estaba escribiendo? ¿A quién estaba escribiendo? ¿Y qué era lo que pasaba que nos obligaba a dejar Maine cinco días antes de lo previsto?

CAPÍTULO CATORCE

Llegamos a La Guardia a media mañana y a pesar de ser septiembre había humedad en el aire cuando salimos del avión. Dos hombres, a los que a simple vista identifiqué como guardias de seguridad de Alex, nos saludaron. Alex les devolvió el saludo con la cabeza, pero no les dijo una palabra. No delante de mí, al menos.

Salimos del aeropuerto. Afuera nos esperaba una limusina para llevarnos a la ciudad. Había dos Cadillac Escalade negros aparcados detrás de la limusina. Los dos hombres entraron en uno de ellos y se incorporaron al tráfico detrás de nosotros.

No hice ningún comentario al respecto. En su lugar, saqué el móvil de mi bolso y envié un texto a Lisa: *En casa en treinta minutos.*

– Si es a Lisa, dale recuerdos.

– Lo haré cuando llegue a casa.

– Te debo una –me dijo.

– No me debes nada.

– Sí. Te la debo

– Ya hablaremos en otro momento.

– ¿Estás enfadada conmigo?

– No.

– Pero estás distante.

– Estoy desilusionada.

– Acércate más a mí.

Lo miré y vi que estaba a la vez distraído, tenso y sintiéndose culpable. Todo lo que pasaba por su mente estaba reflejado en su expresión, especialmente en los ojos. ¿Cómo podía negarle nada? Me acerqué a él y apoyé la cabeza en su hombro, lo cual tuvo en mí un efecto calmante que no había anticipado. Me pasó el brazo por la espalda y me abrazó. Físicamente, era un hombre muy fuerte. Una de las cosas que me atrajeron primero de él.

Fuerte y callado, pensé. *Especialmente ahora.*

Cuando cruzamos el puente que nos llevaba a Manhattan nos quedaba poco tiempo juntos, así que le agarré la mano y lo besé en la mejilla.

– Gracias por este maravilloso viaje juntos. A pesar de lo breve que ha sido, no podré olvidarlo por muchas razones. ¿Qué puedo decirte? –dije encogiendo los hombros–. Estar contigo me mal acostumbró. Quería pasar contigo esos cinco días restantes. No voy a disculparme por eso. Me encanta estar contigo. Así de simple.

– Yo lo quería tanto como tú. ¿Cuándo voy a verte otra vez?

– Pronto.

– ¿Cómo de pronto?

– Llámame cuando tengas las cosas arregladas, o si no te veo en la Wenn el lunes por la mañana. Siempre podemos hablar por la noche.

Cuando nos acercamos a mi apartamento en la Quinta, el coche se hizo a la izquierda mientras, desde la ventanilla, miraba hacia los cristales de mi flamante nueva casa. Salí del coche una vez que, con cierta dificultad, Alex soltara su abrazo y crucé la populosa acera con mi bolso de mano colgado del hombro. Saludé con la mano al portero cuando me abrió la puerta. Con el corazón repentinamente lleno de tristeza, confusión y añoranza, desaparecí de la vista de Alex.

PARA MI CONSUELO, LISA me esperaba en el vestíbulo. Cuando me vio, dio un brinco de uno de los estilosos sillones que había en el medio de aquel cavernoso espacio y corrió hacia mí. Sólo habían pasado un par de día pero la echaba terriblemente de menos y nos abrazamos como locas cuando recorrimos la distancia que nos separaba.

– Una semana breve –dijo.

– Más que breve –suspiré.

– ¿Estás bien?

– Hablemos arriba. No aquí. ¿Es temprano para un martini?

– ¡Por favor! No.

– Me muero de ganas por ver lo que has hecho con el apartamento. Te conozco. Estará perfecto.

Iba a decir algo, pero se calló. La conocía muy bien como para no darme cuenta.

– ¿Cuál el es problema? –pregunté.

– Ninguno. Al menos, yo no creo que haya ningún problema, pero tú puedes pensar lo contrario.

– ¿Qué quieres decir?

– Nada de lo que vas a ver no es cosa mía.

Llamé al ascensor y la miré.

– Sigo sin entender.

– Digamos que no vas a creértelo cuando lo veas.

– Alex –dije.

– ¿Quién si no?

– Tenía el apartamento ya decorado, ¿verdad?

– Bueno, puedes llamarlo así, pero el adjetivo se queda corto.

CUANDO ENTRAMOS EN el apartamento fue como entrar en otra dimensión, una muy distinta a la que ofrecía la última vez que estuve allí, cuando estaba aún vacío.

Lisa y yo recorrimos habitación por habitación. Estaba desbordada. Sabía que Alex lo había hecho con todo desprendimiento y sabía que yo nunca podría cambiarlo. Era generoso por naturaleza. A pesar de lo difícil que era para mí aceptarlo, necesitaba aprender a hacerlo y a apreciarlo.

– Es increíble –dije.

– Esperaba que dijeras eso.

– Mira todas estas alfombras persas.

– Genuinas.

– Y los cuadros. Me encanta cómo resaltan contra el gris de la pared.

– Auténticos.

Fui al comedor y vi un manojo de girasoles en un jarrón que reconocí inmediatamente. Ver los girasoles bastó para hacerme suspirar en silencio por lo que significaba. Ocupaban el lugar de los que habíamos comprado en Harbor Point.

– Sé por qué los girasoles están aquí, pero lo del jarrón es demasiado. Es un Lalique. Un modelo de Las Bacantes. Una de sus colecciones más famosas. Y parece antiguo.

– Lo es. Está firmado por el mismo René Lalique. Le di la vuelta para comprobarlo en cuanto llegó.

– Vale una fortuna.

– Mira alrededor. ¿Qué no lo vale? Y, por cierto, ¿qué quieren decir los girasoles?

– Compramos girasoles en un mercadillo en Harbor Point, pero eso fue ayer. ¿Cuándo llegaron estos?

– Esta mañana.

Oh, Alex.

– Ven. Mira tu dormitorio.

Fuimos y descubrí que ahora, aparentemente, tenía una cama gigantesca, en madera de caoba, y cubierta con una ropa de cama exquisita que complementaba el color verde claro de las paredes y el suelo de madera de arce.

Entré en la habitación, miré alrededor y noté que en la mesa de noche del lado derecho de la cama, el lado donde le gustaba dormir a Alex, había una fotografía en blanco y negro de él enmarcada en plata.

En la foto llevaba un esmoquin. Él sabía lo que me gustaba verlo así. Hasta eso era intencional.

Lo que estaba viendo no era simplemente el trabajo impersonal de algún diseñador imponiendo su visión y su gusto. En algún momento, Alex había diseñado el espacio pensando en mí. Había debido encargarse de todo desde Maine, aunque no podía entender cómo ni cuándo. ¿Lo habría hecho por la noche, mientras yo estaba dormida?

¿O la mañana en que dormí hasta tarde? ¿Encargaría los girasoles desde su portátil, en el avión? No importaba. Había demasiado toques personales en el apartamento para que fuera sólo algo en lo que había tirado el dinero sin pensárselo demasiado. Me conmovió todo aquello. Me sentía culpable por haberme despedido tan fríamente unos instantes antes.

– Tienes que ver mi habitación –dijo Lisa.

Allí fuimos. Tenía unos acabados preciosos, pero lo que me llamó la atención fue el póster de la versión original de *Amanecer zombi*. Estaba firmado por el director, George A. Romero. En él se veía una gigantesca cabeza de zombi emergiendo en el horizonte. Era un original, quizás comprado en una subasta, que Alex habría hecho enmarcar.

– ¿Te lo puedes creer? –preguntó.

– ¿Vas a poder dormir con eso ahí?

– Qué cosas tienes. Pues claro.

Miré al póster, que estaba colgado a la izquierda de la cama, cerca de la ventana, con admiración. No sólo por lo que significaba para Lisa, que era mucho, sino por lo que representaba para mí. Era la forma que él tenía de reconocer aquella casa tanto de Lisa como mía. Poniendo allí aquel póster, había hecho todo lo posible para asegurarse de que ambas supiéramos que él lo entendía así.

– Tengo que preguntarte algo –dije–. ¿Se encargó cierta persona de supervisar todo esto?

Me sonrió.

– ¿Blackwell? –pregunté.

– La leyenda misma en persona.

– Curioso, cuando la vi por primera vez no me gustó. Fue maleducada, arrogante y cáustica conmigo. Pero las cosas han cambiado. Una y otra vez, desde entonces, ha hecho todo lo posible por ayudarme.

Lisa me miró fijamente.

– Le pagan para eso.

– Creo que es más que eso.

Se lo pensó un instante y reconsideró su posición.

– Creo que he sido más bien cínica. Lo pasamos bien viendo el apartamento. Y luego, durante la comida, tuvimos una conversación muy amena, distendida, sin inhibiciones, aunque tengo que decir que es agresiva si comes algo que no sea ensalada.

– ¡Qué me vas a decir! Pero es como es y eso es lo que me gusta de ella. Dice lo que piensa. A las dos nos gusta eso. Y aquí ha hecho un trabajo excelente.

– En dos días ha puesto casi treinta horas para conseguir esto. Estaba imparable. Hubo un momento en el que debía haber unas veinte personas aquí. La mayor parte del tiempo se lo pasó al teléfono. Creo que hablaba con Alex.

– Con toda seguridad –dije.

– ¿UN MARTINI?

– Por favor –dije.

Una vez en el salón me dejé caer sobre un sofá, confortable y chic. Al otro lado de las ventanas panorámicas se veía Central Park. Desde aquella altura, la vista te obligaba a pararte a pensar en uno de los mejores diseños de la ciudad, que no se apreciaba de igual manera desde la calle. Los árboles, aún verdes a pesar de que en Maine ya habían empezado a cambiar de color, eran soberbios. Me pregunté cómo todo esto había sido posible. Durante meses, vivimos en un destartalado calabozo en la Calle 10 Este y ahora estábamos en un ático en la Quinta Avenida. Era irreal, pero agradecía que así fuera.

En cuestión de días necesitaría ganármelo.

Lisa vino de la cocina con dos copas llenas de lo que los rusos llaman *su agua bendita*, que, en este caso, estaba aderezada con aceitunas y vermut. Chocamos nuestras copas, Lisa se sentó a mi lado y bebimos.

– Sé que esto es egoísta, pero me alegro de que estés en casa.

– ¿Me echabas de menos?

– Más de lo que te imaginas.

– Yo también te echaba de menos. Más de lo que *tú* te imaginas.

Me miró con sospecha.

– ¿Qué otra cosa echas de menos?

– Si te refieres a mi virginidad, nada de nada.

– Lo sabía. Desembucha.

Se lo conté todo.

– ¿Lo hicisteis en la playa?

– Allí mismo.

– Pero os podían haber visto.

– Es una playa privada.

– Pero, ¿con quién estoy hablando?

– Aparentemente, con alguien cansada de ser yo. O al menos de esa parte de mí. No de quien soy de verdad. Nunca cambiaría eso por nada ni nadie. Pero él ha despertado algo en mí. Eso es seguro.

– ¿Y cómo fue?

– ¿Después del octavo o décimo orgasmo?

– ¿En una noche?

– No, mujer, entre los dos días.

– Pobre.

– ¿Quién se está quejando?

– ¿Cómo lo hizo él?

– No tengo a nadie con quien compararlo, pero yo diría que sabe exactamente lo que está haciendo. Fue maravilloso. Me alegro de haber esperado tanto. Lo hizo aún más significativo, especialmente porque él sabía que, a mi edad, no me estaba dando a la ligera. Lo entendió perfectamente desde el principio y lo respetó. Pero ahora hay algo raro en el aire.

– ¿Por qué lo dices?

Le conté de guardaespaldas que salían de la nada y de cómo todo empezó a desvanecerse desde ese momento, hasta llevarnos a abandonar Maine cinco días antes de lo previsto.

– Algo pasa –dijo Lisa–. ¿Te dijo lo que es?

– Ni una palabra.

– ¿Por qué?

– No lo sé. Algo privado. Yo soy una persona privada, por lo tanto respeto su privacidad. Y hemos estado juntos por poco tiempo, así que no me debe nada, especialmente cuando no me he comprometido a ser *su novia*. ¿Preocupada? Por supuesto. ¿Me ha afectado el ánimo? Sin duda. ¿Desilusionada porque no pude pasar los siete días con él? Lo estoy. Pero esa es la persona egoísta que tengo que dejar a un lado si vamos a seguir juntos.

– ¿Cuándo vas a verlo otra vez?

– Le he dicho que una vez que corrija tu libro tendré tiempo de verlo. Hay dos personas en mi vida, Lisa, tú y él. No voy a fallarte.

Le dio un sorbo a su martini y se giró hacia mí, doblando las piernas debajo de su cuerpo esbelto. Me habló en tono serio.

– Jennifer, si sigues con él, nosotras continuaremos siendo amigas hasta que caiga el último zombie, pero tienes que ser realista. Yo lo soy. Sé que cuanto más te vincules a él menos tiempo pasaré contigo, como te pasó a ti con cada uno de mis horribles ex novios. Y me parece bien porque me hace feliz que al fin hayas encontrado a alguien. No te preocupes por mí.

– Nunca voy a dejar de preocuparme por ti.

– Vale, preocúpate por mí entonces, pero vive tu vida. Tú me conoces. De hecho, siento que ha pasado suficiente tiempo y que es hora de que empiece a buscar novio.

Me alegró oírlo.

– ¿Sabes qué? Le pregunté a Alex si tenía algún amigo que te pudiera presentar.

– ¡No!

– Sí.

– ¿Están sus amigos tan buenos como él?

– No lo sé. Lo que sé es que los tíos macizos se juntan con otros tíos macizos. Lo hemos comprobado una y otra vez. Se atraen, como Chippendales a la miel.

– El símil no es muy bueno, pero sí. Es un hecho indiscutible.

– Mencionó a alguien llamado Michael.

– ¿A qué se dedica?

– Ni idea. Pero Alex dice que este tal Michael está cansado de ir de una a otra y que quiere lo mismo que él, una relación estable. Está buscando la mujer ideal, pero no la encuentra.

– Cuenta conmigo.

– Alex sugirió que cenáramos los cuatro en algún momento.

– Cuando quieras.

– Pero tenemos que tener tu libro listo antes. ¿Estás contenta con el resultado?

Se sonrojó, pero solía hacerlo cada vez que hablaba de su trabajo, especialmente si se sentía satisfecha de él.

– Creo que es bueno.

– ¿Cuándo puedo leerlo?

– Puedes leerlo ahora mismo en tu Kindle.

– ¿Cómo puedo leerlo en mi Kindle cuando aún no lo he corregido?

– Te lo explico. Cuando Blackwell llegó la primera mañana, vio el manuscrito encima de nuestra antigua mesa de centro. Sin preguntarme si podía, leyó unas cuantas páginas y me preguntó si me gustaría que ella se lo pasara a uno de los redactores de la Editorial Wenn. Me dijo que lo tendría revisado y listo para publicarlo en menos de veinticuatro horas. Y así fue. Lo recibí ayer. A quienquiera que se lo dio debe ser increíble. Se le ocurrieron cosas que yo ni había pensado. Estuve trabajando toda la noche haciendo cambios y subí el libro a última hora. Ya está en Amazon.

– Dos días y el mundo entero cambia.

– ¿Estás molestas porque no te lo di a leer primero?

– Lisa, has contado con un redactor profesional para corregir el libro. No, no estoy molesta. Estoy feliz por ti. Eso no es algo que le pase a la mayoría de escritores independientes. No puedo esperar a leerlo. ¿Cómo se está vendiendo?

– La última vez que miré estaba subiendo en la lista. Ya veremos. No quiero volver a mirar hasta más tarde. Necesito dejar que siga su curso.

– Estoy orgullosa de ti. Otro gran logro.

– Ahora necesito empezar uno nuevo. Mañana, sin falta,

– Y yo necesito llamar a Blackwell para agradecerle todo lo que ha hecho aquí y que te haya ayudado tan amablemente. Dame un segundo.

Fui a la cocina y saqué el móvil de mi bolso. Busqué en la lista de números, encontré la línea directa de Blackwell y la llamé.

Contestó a la segunda llamada.

– Jennifer –dijo.

– ¿Qué tal, Sra. Blackwell?

– Siento lo de Maine.

– Yo también.

– He hablado con Alex y sé que está empeñado en compensarte.

– No es necesario.

– Sí, lo es. Y las dos lo sabemos, así que seamos francas una con la otra y dejémoslo así. ¿Te gusta el apartamento?

– Es una de las razones por las que llamo. Tiene un gusto exquisito. No puedo decirle lo inesperado que fue verlo todo tan bonito. Sé que trabajó intensamente para conseguir este resultado y quería agradecérselo personalmente.

– Fue un placer. Ya sabes, me encanta el estilismo, tanto si se trata de embutir tu trasero en alta costura como diseñar tu apartamento. No importa. Lo llevo en la sangre. No podía soportar la idea de que acabaras con cualquier nadería producida en serie. ¡Dios mío! Me imagino que notarías algunos toques con los que no tengo nada que ver.

– Los noté.

– Puede que esté preocupado con otras cosas ahora, pero siempre está pensado en ti. Tienes que saber eso.

Quise preguntarle qué era lo que le preocupaba, pero no lo hice. Eso la pondría en una situación difícil y, francamente, necesitaba venir de Alex.

– También quería agradecerlo lo que ha hecho por Lisa.

– Un placer también. Esos redactores en la Editorial Wenn se la pasan soñando con escribir su propio libro, algo que nunca va a pasar. Es patético. No hacen nada. Quería darle a alguno de ellos algo que hacer y tengo que decir que Lisa me ofreció la oportunidad. Espero que esté contenta con el resultado.

– Está como loca.

– Me alegro. Es una buena chica. Por cierto, me alegro de que hayas llamado. Iba a llamarte yo. Alex tiene ocasión de asistir a un acto social esta noche. Le gustaría que lo acompañases. ¿Puedes?

Mi excusa para decir que no se había esfumado. El libro de Lisa estaba ya editado y a la venta. Pero estaba agotada y no quería ni pensar en el frenético ritmo de compras que se requería para estos actos. Así se lo dije a Blackwell.

– Eso lo tengo ya solucionado.

– ¿Qué quiere decir?

– Boba. Con dos trajes a las espaldas, tengo tus medidas. He hecho algunas llamadas. Tengo un perchero completo de vestidos y trajes de noche para ti. También zapatos. Espérate a que veas los zapatos. Son divinos, divinos, divinos. Todo lo que tienes que hacer es venir hasta aquí digamos que a las seis y encontraremos algo apropiado. Bernie está de guardia para arreglarte el pelo y maquillarte porque te adora. Y así puedes pasar la noche con Alex, que creo que es importante.

– Le encanta entrometerse, ¿no?

– Simplemente aliento lo que creo que debería pasar, Jennifer. Hay una diferencia.

– ¿Cuál es la ocasión?

– Una fiesta de cumpleaños para Henri Dufort.

– ¿El empresario?

– Por llamarlo de alguna manera. Dufort está metido en todo, en especial en nuevos medios de comunicación, que es uno de los mercados donde la Wenn quiere crecer. Alex ha estado intentando encontrarse con Dufort a solas durante meses, pero el hombre está tan ocupado que es inaccesible. Este podría ser el momento para Alex. Él cree que tú podrías ayudarlo.

– No me dijo nada de eso esta mañana.

– Eso es porque no sabía nada hasta que ha vuelto. Naturalmente, va a ir a la fiesta. Tiene que hacerlo. Dijo que le gustaría que fueras con él. ¿Lo harás?

– ¿Por qué no me ha llamado él?

– Porque ahora está ocupado. ¿Irás?

– Trabajo para la Wenn –dije–. Por supuesto que iré. La veo a las seis.

– Gracias –dijo Blackwell–. Y, Jennifer, no se te ocurra comer nada antes de venir.

– Estaba pensando en una bolsa de patatas fritas.

– Si lo haces, me encargaré personalmente de...

– Y en comerme una pizza tamaño familiar.

– ...conducir a tu casa...

– Estoy de broma. Hasta luego

Colgué el teléfono y permanecí en la cocina. *Y el día se hace cada vez más interesante,* pensé.

Le dije a Lisa lo que pasaba, cogí mi martini, fui a mi habitación y encendí el ordenador sobre el escritorio, mirando al parque. Una vez en línea, busqué todo acerca de Henri Dufort. A medida que leía artículo tras artículo, lo que aprendí de él y su imperio mediático no sólo me permitió conocer acerca de él y lo que lo condujo a crear su imperio, sino saber también la forma en que la Wenn podía hacer negocios con él, siempre y cuando se hicieran las cosas de forma que atrajera al joven emprendedor que Dufort fue una vez.

CAPÍTULO QUINCE

Llegué en una limusina a la Wenn. Fui directamente a la oficina de Blackwell en el piso cincuenta y uno y la encontré sentada en su escritorio masticando hielo.

– Disculpa –dijo cuando consiguió tragarlo–. Necesitaba comer algo.

– Tan saludable.

– Tan inteligente. Deberías aprender.

Negué con la cabeza. Ella saltó del sillón y vino hacia mí.

– Vuélvete –me dijo.

Me volví.

– Te veo muy bien. Me he pasado dos noches sin dormir pensando que en Maine estarías comiendo fritangas todo el tiempo. Todos los vestidos que he ordenado han sido adaptados a las medidas que tenía de ti, no a las medidas pos-Maine. Estaba convencida de que volverías gorda. Ya te digo, no pude dormir pensando lo que le estarías haciendo a tu cuerpo.

– Yo también tuve unas cuantas noches de insomnio –dije–. Si fuéramos amigas le diría exactamente lo que le hice a mi cuerpo.

– Muy mordaz, Jennifer Kent –dijo apuntándome con el dedo–. Y borra esa sonrisa de la cara. Demasiada información. Puedo con todo, pero no puedo con eso. Te dije que Alex es como un sobrino para mí. Por cierto, está como loco de que hayas aceptado acompañarlo esta noche –añadió mirándome directamente a los ojos.

– ¿Por qué no iba a hacerlo? Con el libro de Lisa terminado, no tengo nada que hacer. Él es mi jefe. Por supuesto que iría con él.

Se sentó en el borde del escritorio.

– ¿Qué es lo que te está molestando?

– Usted sabe lo que me molesta.

– Hay cosas de las que Alex tiene que hacerse cargo por sí mismo.

– Eso lo entiendo.

– No, no creo que lo entiendas.

– Había guardias con nosotros. Naturalmente, estoy preocupada por él.

– Te comprendo, pero Alex es un adulto y se puede hacer cargo de las cosas que le preocupan. Mira. Si vas a tener una relación con él, vas a tener que darle tiempo a que se aclimate y ser paciente con él mientras tanto, de la misma forma que él es paciente contigo. De alguna manera, esto es también nuevo para él. Han pasado cuatro años desde la muerte de Diana. Si piensas que eres la única arriesgando el corazón, estoy aquí para decirte que te equivocas. Él también lo está haciendo. No estás sola en esto, así que deja de comportante como si lo estuvieras. No te olvides de esto.

– A veces desearía ver la vida como usted.

– Nunca la vas a ver.

Puse los ojos en blanco.

– Pero, ¿puedo serte completamente franca? A veces desearía tener tu cara y tu cuerpo. No se puede tener todo, ¿verdad?

– Puede que no.

– Es lo más sabio que has dicho por esa boca desde que llegaste.

– ¿Podemos ver esos vestidos? –pregunté, queriendo cambiar la conversación–. Me muero por ver lo que ha hecho por mí.

– Y te vas a morir. En el arte de la costura no hay términos suficientes para describir lo que te he encargado a medida. Ven conmigo, al vestidor. Todo está allí, incluyendo los zapatos.

La seguí hasta la sala de conferencias que improvisábamos como vestidor y salón de belleza.

– ¿Es este cumpleaños una ocasión tan importante?

– ¿Importante? No tienes ni idea. Todo el mundo estará allí. Y todo el mundo quiere decir cualquiera que importe en Nueva York en este momento. Para Henri, ese número apenas llega a cien, lo que quiere decir que ha desairado y enfadado a miles. No es que le importe. Sus invitados pueden llevar un acompañante. Así que cuenta con unas doscientas personas, la mitad de las cuales reconocerás por afición a los negocios tuya. Al día de hoy, ese será, con mucho, el grupo más influyente con el que te hayas codeado. Necesitas actuar con rapidez. Es la noche de los posibles tratos para todos, especialmente del que Alex quiere hacer con Dufort. Va a apoyarse en ti, no sólo para que lo ayudes con Dufort, sino también para que actúes con rapidez si ves una posible negociación entre la Wenn y cualquier otra persona que esté en esa terraza.

– ¿En una terraza?

– La fiesta es en último piso del edificio de Dufort en la Quinta. Posee la planta entera y como es dueño del edificio, también posee la terraza. Espérate a verla. Se ha transformado en uno de los jardines más espectaculares de la ciudad. Verás flores y verdor por todas partes. Una iluminación de sueño. Vistas envidiables de la ciudad. Embriagador.

– Ahora sí que estoy ilusionada.

– Los vestidos y los zapatos son lo que deberían ilusionarte.

– Por supuesto. Y también la imagen de esa terraza. Pero lo que me ilusiona de verdad es hacer negocios sobre la marcha. Es la vida que siempre he querido. Quiero estar allí ya.

– Obviamente, tendrás que esperar.

Descolgó un vestido del perchero que tenía a su lado y lo sostuvo para que yo lo viera.

– Mira. Creo que este es el traje.

Era un sencillo y elegante traje negro, con un corte precioso, pero sin brillos ni oropeles. Nada que llamara la atención, excepto quizás por el sensual, vertiginoso escote.

– ¿Por qué tan simple?

Pareció ofendida.

– ¿Simple? Para nada. Es discreto.

– Muy bien, ¿por qué tan discreto?

– Porque esta noche eres una mujer de negocios. Con mucho éxito. Llevarás el pelo recogido en un moño y un maquillaje sutil, excepto por los labios, que serán de un rojo luminoso porque, a pesar de todo, quieres llamar un poco de atención. Estas son las únicas joyas que llevarás.

Me abrió dos cajas de Tiffany. En una había dos pendientes, con un solo diamante cada uno. En la otra, un delicado brazalete de diamantes. Todas las piezas tenían el tipo de piedras que sugerían que había alcanzado un alto nivel de éxito, pero sin nada en el cuello o en las manos parecería menos alguien que ha sido acicalada para Alex y más la avispada mujer de negocios que siempre había querido ser.

– Genial –dije.

– ¿Crees que no lo sé? Toma, pruébatelo. Bernie *sera ici dans un instant*.

– ¿Y eso quiere decir...?

– Bernie estará aquí en cualquier momento. ¿No aprendiste francés en la escuela? ¡Por Dios! Desvístete. Vamos, que tengo que meterte en una faja. Espero que el hielo que he comido me dé la fuerza suficiente.

CUANDO BERNIE TERMINÓ, se alejó unos pasos. Me miré en el espejo y sonreí a la imagen que vi. Luego los vi a él y a Blackwell, de pie, detrás de mi. Blackwell daba su aprobación con la cabeza. Me levanté

– ¿Qué les parece? –pregunté.

– Perfecta –dijo Bernie–. Me encanta, Jennifer.

– Déjame verte –dijo Blackwell–. Muy bien. Ahora, date la vuelta. Bien. A un lado. Mírame otra vez. Bien –dijo, llevándose la mano al pecho–. Está perfecto. Preciosa. Mira lo que hemos creado, Bernie. Enseña el pecho lo justo para llamar la atención de cualquier hombre heterosexual en la fiesta, pero el resto permanece oculto para no interferir con sus hechizos, o lo que sea que ella hace. Esta imagen es la mejor hasta ahora. Hasta a los *gays* les parecerá deseable. Lo que importa es lo que dice de ella. Que se toma su trabajo en serio. Que ha venido a ganar sin parecer amenazante o castrante.

– Todavía sigo en la habitación –dije.

– Deja de ser tan sensible. Te estamos admirando. Y mira –dijo Blackwell mientras se volvía para coger algo de una mesa que había detrás de ella–, esta vez no me he olvidado. Tengo un pequeño arsenal de bolsos de mano para conjuntar con cada uno de los vestidos. Aquí lo tienes. Negro, hecho con la misma tela que el vestido. Y no creas que no me costó trabajo conseguirlo. Pero ha merecido la pena. Estás *chic* en alta costura. Debo decir que vestirte es lo mejor del día cada vez que tengo que hacerlo. Me encanta.

– Lo suyo es la moda –le dijo Bernie.

– Siempre he tenido el gusanillo de dedicarme a eso, desde que siendo una niña evitaba aquella horrible tienda de Sears que mi madre prefería al Bloomingdales que estaba bajando la calle.

– ¿Cómo pudo soportarlo? –preguntó Bernie.

– Fue terrible, pero intento no pensar demasiado en ello. Solo me hace odiar más aún a mi madre.

– Tiene un ojo que pocos pueden igualar.

– Me lo han dicho antes, pero no puedo juzgar mi propio trabajo.

– Todo artista puede hacerlo.

– ¿Tú crees?

– Lo sé. La he visto en acción. He visto lo que puede hacer.

– *Mon dieu. C'est mon destin.*

– ¿Perdón? –dije.

– Es mi destino, Jennifer. Verdaderamente, tienes que estudiar francés. Dos veces en una tarde que no entiendes lo más elemental. Y llevas un Dior, que casualmente era francés. ¡Ay, señor!

Clavé la mirada en Bernie.

– *J'aime mes cheveux* –dije, dando palmaditas al pelo–. *Vous êtes un artiste. Un génie. Merci pour tout ce que vous avez fait.*

Me volví a Blackwell, que estaba boquiabierta.

– Son casi las ocho –dije con ligereza–. Debo irme. Alex me estará esperando. ¿Listas?

– Eres una tramposa, Jennifer Kent.

– Primero, perversa. Ahora, tramposa.

– Con todas las letras.

– *Très bien. Allons.*

EN EL ASCENSOR, BLACKWELL me ofreció su consejo habitual antes de dejarme ir. Era algo a lo que me había acostumbrado y se lo agradecía porque siempre me daba algo en lo que pensar.

Una vez más, no me defraudó.

– ¿Cómo te sientes?

– Entusiasmada.

– ¿Por estar con Alex o por hacer negocios?

– Ambos, pero para ser honestos, es más por las posibilidades que se me pueden abrir esta noche. La idea de cerrar dos tratos comerciales, si tenemos suerte, es estimulante.

– En primer lugar el objetivo es Henri. Si se presenta la oportunidad, embáucalo. Le encanta una mujer guapa, pero le gusta más una mujer lista. Por alguna casualidad que no logro explicarme, tú eres las dos cosas. Creo que puedes ser lo que Alex necesita para atraer su atención. Si Alex puede conseguir a Dufort por sí mismo, limítate a estar a su lado, adornándolo. Pero si Dufort te incluye en la conversación, empléate a fondo.

– Tomo nota.

– Y no me refiero sólo a tu escote, Jennifer. Tus tetas no le van a pasar desapercibidas, pero tu inteligencia aún menos. Su objetivo es llevar su imperio a lo más alto. Es lo único que le importa. Es de lo único que quiere oír. Wenn Enterprises se lo puede facilitar. Alex tiene una idea que ofrecerle.

– Yo también.

– ¿Lo has consultado con Alex?

– No lo he visto desde que aterrizamos. Así que no, no lo hecho.

– Deberías hacerlo.

– No se preocupe. Cuando ofrezca mi propia idea, si la ofrezco, habré tanteado el terreno primero.

– Vas a acabar conmigo.

– Pero si la necesito.

– Lo sé. Es lo que me motiva, aunque me ocultases que sabes francés. Muy cruel por tu parte.

– ¿Cruel?

– Sí, cruel. A tu nivel, sé que un día te verás obligada a hablar francés con alguno de los contactos internacionales de Alex, así que, naturalmente, estaba preocupada porque no pudieras. Pero puedes con todo, ¿no? Me pones en camino a la desesperación con tu pretendida ignorancia sobre lenguas romances y luego me sales con que sabes francés. Terrible.

– Sé que me prefiere así.

Me estudió por un momento y luego sonrió.

– Supongo que sí.

– ¿Me desea suerte esta noche?

– Por supuesto. Y recuerda, Jennifer, sé amable con él. Lo que esté pasando en su vida en estos momentos es asunto suyo. No estés desairada por semejante minucia. Disfruta del tiempo con él. Disfruta el momento. Hombres como él no se presentan todos los días. Una vez creí que lo tenía todo con Charles. Luego ... el divorcio. Si no cuidas la finca, todo se puede venir abajo rápidamente. Pero si sois el uno para el otro, si respetáis el espacio de cada uno, puedes disfrutar el momento, no importa lo que dure. ¿Quién sabe? Podría ser para siempre.

Levantó las cejas en el momento en que se abrían las puertas del ascensor. Cualquier atisbo de humor le abandonó el semblante. Se dirigió a mí con una seriedad fría.

– Lo que no sabes de mí, Jennifer, es que a pesar de lo que me ha pasado estos últimos meses, aún tengo esperanzas. No he tirado la toalla. Ahora es muy pronto, pero me gustaría encontrar a alguien otra vez. Aunque, a mi edad, las cartas no están a mi favor. Pero no me he rendido todavía. De hecho, no voy a rendirme nunca. Todos nos merecemos ser amados. Todo el mundo repite el cliché de que el amor duele. Pero no es cierto. El verdadero amor no duele. El verdadero amor es maravilloso. Lo que duele es la soledad. Y el rechazo. Y perder a alguien cercano duele. Todo el mundo confunde estas cosas con el amor, pero en realidad, el amor es la única cosa en el mundo que cura todo dolor y nos hace sentir maravillosamente.

La miré abiertamente, sin reservas, asombrada por la profundidad de lo que me había dicho.

– Ahora, olvídate de lo que pasara antes entre tú y Alex y disfruta el tiempo que pasas con el hombre que bien puede ser el hombre de tu vida.

CAPÍTULO DIECISÉIS

El ascensor descendió al piso cuarenta y siete demasiado deprisa para recuperarme de lo que Blackwell había dicho. Cuando se abrieron las puertas, Alex estaba esperándome, como siempre lo hacía. Pero no tenía las manos en los bolsillos, como solía hacer, y su compostura no era tan serena. De hecho, me pareció más bien tenso.

– Me alegro de que hayas venido –dijo.

– Es mi trabajo.

– Espero que no sea la única razón.

Aún resonaba lo que Blackwell me había dicho y suavicé mi tono de voz. Sentía un gran afecto por él y sabía que no hacía bien en ocultarlo. Salí del ascensor y lo besé en la mejilla.

– Por supuesto que no.

– Estás preciosa.

– Tú ya sabes lo que opino de ti en esmoquin. Dime por qué estás tan interesado en Henri Dufort. Tengo algo en mente, pero el hombre está metido en todo. ¿Estamos pensando en lo mismo?

– ¿Por qué no empiezas tú?

– Muy bien. Dufort posee Streamed, que, básicamente, es como Netflix pero para el mercado global. Están creciendo tan rápidamente como pueden, pero el mercado global es el mercado global y tienen cerradas docenas de puertas. He averiguado que Dufort tiene dificultades para entrar en mercados en los que Wenn Entertainment es una empresa poderosa. A veces, Dufort tiene suerte, pero entonces aparecen otros obstáculos, principalmente porque no tiene las relaciones que la Wenn tiene en ese mercado. En este mundo, las relaciones son todo. Dufort lo sabe. Wenn podría asociarse con él ayudándolo a pasar por encima de todo el sinsentido burocrático. Si consiguieras llegar a un acuerdo con Dufort que le permitiera penetrar en los mercados que quiere controlar antes de que a otro se le ocurra la idea, Wenn Enterprises haría una fortuna. ¿Estoy en lo cierto?

No respondió inmediatamente. Sólo me miró fijamente.

– ¿Y bien?

– Eso no es lo que tenía en mente, en absoluto.

– Oh.

Me sentí derrotada. No sabía cómo leer su expresión. No decía nada, pero estaba segura que lo había decepcionado. Rápidamente busqué entre los posibles escenarios que había considerado antes de hablar con él. Uno de ellos me pareció una buena alternativa y me dispuse a ofrecérsela.

– Lo siento. Me parecía la situación más lógica. Tengo otras ideas.

– Ya has tenido la mejor idea. Lo que yo estaba pensando era sólido y con potencial lucrativo, pero palidece al lado de lo que tú propones. ¿Qué países han cerrado la puerta a Streamed?

– India. China. Brasil. México. Hay otros, en los que Netflix, el mayor competidor de Streamed, está empezando a hacerse ver, pero estos mercado son los más grandes y más deseados y Netflix está empezando a pujar fuerte. Pero aún estamos a tiempo, antes de que sea tarde y Netflix se haga con ellos. Streamed podría competir si se alía con Wenn Entertainment, que ya tiene relaciones establecidas con estos países y con muchos otros donde Netflix aún no ha entrado. Había pensado que, con tus contactos, podrías negociar una asociación que permitiera a Dufort acceder más fácilmente. Me imagino que sabría valorarlo. Y también que lo pagaría bien dándole a la Wenn una participación considerable en Streamed.

– ¿Cómo se te ocurrió todo esto?

Me encogí de hombros.

– Me pasé la tarde buscando información. Dufort tiene valores mucho más importantes que Streamed, pero la industria de *video* en línea es donde está ahora el mercado y adonde va a seguir por mucho tiempo. Es la forma en que, tarde o temprano, todo el mundo verá cine y televisión. Como los libros electrónicos. Están dominando el mercado porque es como absolutamente todos leerán algún día. Lo mismo con la música. ¿Cuándo fue la última vez que compraste un

CD? No lo compraste, lo bajaste de internet. Las estadísticas no mienten. Streamed me parece la opción más natural, mientras que el estado de algunos de los otros valores de Dufort me parecían demasiado obvios. Streamed necesita y quiere crecer, en todo el mundo. Tiene la posibilidad de hacer cientos de millones, pero le está costando trabajo empezar. Eso es lo que me dio la idea.

– Sin duda, una propuesta tentadora.

– ¿Qué es lo que estabas tú pensado?

– Algo que la junta había propuesto. Mucho más predecible. Importa poco ahora. Haremos lo tuyo.

– Pero la junta espera otra cosa de ti.

– Y le ofreceré a Henri las dos si considero que debo hacerlo. Si no, no mencionaré nada de lo que tenía pensado e insistiré con lo tuyo. Lo que tienes que entender con respecto a la junta es que, a pesar de la sofisticación de sus miembros, no están precisamente al tanto en tecnologías emergentes. La forman un grupo de hombres y mujeres mayores que no necesariamente entienden la importancia del mercado digital. Lo entiende hasta cierto punto, especialmente cuando se trata de música y quizás en lo que se refiere a los libros electrónicos, aunque sea sólo por la Editorial Wenn. Pero no lo acaban de captar del todo, lo cual es comprensible. Wenn Entertainment es sólo una pequeña porción de la Wenn y no la más lucrativa. La atención de la junta está puesta en otra parte. Como asesora, estás para darme consejo y es lo que has hecho. Es mi prerrogativa, como director ejecutivo, decidir lo que pase esta noche. Netflix es poderosa en Norte América, pero es aún nueva en el mercado mundial. Aquí, sería estúpido competir con ellos. Pero ¿globalmente? Es donde hay que hacerlo porque Netflix está empezando a abrirse camino en el extranjero. El nombre es conocido aquí, pero no tanto en otros mercados. Estamos aún a tiempo, junto con Dufort, de hacernos con las riendas.

– No quiero contrariar a la junta –dije.

– ¿Y qué si lo haces? Tú trabajas para mí. Es mi decisión.

– Deberíamos irnos ya.

– No sin hacer esto.

Se acercó a mí, me puso las manos en la cintura y me besó tiernamente en los labios. Al corresponderle, su beso se volvió más apasionado. Cerré los ojos y lo besé hasta el punto de empezar a perderme en él. Me besó una vez más, pero rompí el beso y me abracé a él con todas mis fuerzas, apoyando la cabeza sobre su hombro.

– Te necesito, Jennifer –me dijo al oído.

– Te debo una disculpa –dije–. Siento que estuviera tan distante hoy. En Maine, de repente, había guardias por todos lados. Nuestra última noche juntos te la pasaste hablando con ellos continuamente. Estaba tan preocupada por ti, Alex, que me sentía incómoda. Como no contabas nada, mi instinto fue desentenderme de lo que fuera. Siento haberme comportado así.

– No tienes que disculparte. Hay cosas en mi vida que pueden sonar inquietantes, pero sólo si desconoces la rutina. Sólo quería evitarte eso.

– ¿Qué cosas?

– No tienen importancia.

– La tienen para mí.

– Digamos que lo que ha pasado estos dos últimos días me pasa con frecuencia. Ahora mismo todo está bajo control. Sólo necesito que confíes en mí cuando necesite tratar ciertos asuntos por mí mismo. No estoy manteniéndote al margen. Tan sólo quiero no preocuparte por cosas que pueden ser y son solucionadas. Cosas en las que no necesitas ocupar tu tiempo.

– ¿Me dejarás alguna vez entrar del todo en tu vida?

– Por supuesto. Un día no tendré más remedio que contártelo todo.

– ¿Cuándo será eso?

– Cuando me case contigo –respondió.

CAPÍTULO DIECISIETE

En la limusina, me senté apoyada en él, mi mano sosteniendo la suya, enterradas entre sus piernas. La cabeza aún me daba vueltas por lo que me había dicho unos minutos antes. ¿Estaba pensando en matrimonio? ¿Desde cuándo? ¿No deberíamos estar saliendo unos meses antes de llegar a ese punto?

De verdad necesito hablar con Lisa.

– Las cosas han cambiado algo desde la última vez que estuvimos juntos en público –dije–. Ahora soy tu asesor, no tu acompañante a sueldo. ¿Cómo lo vamos a hacer? ¿Qué somos esta noche? Porque va a resultar algo extraño que tu asesor vaya de la mano contigo. Sólo quiero saber cuáles son las expectativas.

– Mi novia y mi asesora. Por lo que a mí respecta, nada cambia. Ya sé que no estás lista para ser mi *novia* y que probablemente te asusté hace un momento hablando de matrimonio, pero es lo que siento por ti y no me tomo esta palabra a la ligera –respondió con una sonrisa–. Y estoy convencido de que, antes o temprano, tú tampoco.

– Pareces muy convencido.

– Lo estoy. No esperaba que esto me pasara otra vez en mi vida, pero ha pasado. Me alegro. Y haré lo que haga falta para que veas que tengo razón.

Se inclinó para besarme en los labios, luego me besó en el cuello y por último se inclinó aún más para besarme en el pecho.

– Alex...

– Sólo un beso.

– No me puedes hacer esto ahora. Me vas a desarreglar si empiezas.

Agarró uno de mis pechos con sus manos y masajeó la punta del pezón mientras me besaba en la oreja.

El roce de su barba, otra vez. Va a ser mi final.

– Por favor... –le rogué.

– ¿Vas a venir luego conmigo, a mi casa?

– Sabes que sí. Pero no aquí. No puedo estar en las nubes y es adonde me estás llevando.

Metió la mano en el bolsillo interior de la chaqueta y sacó un pedazo de papel.

– Esto es para más tarde –me dijo mientras me lo daba.

– Ponlo en el bolso. Cuando dudes de mí, léelo. Steinbeck lo dice mejor. Copié un pasaje de sus cartas para ti. Todo está en él. Todo lo que siento por ti. Léelo cuando estés lista.

Quería leerlo en ese mismo momento, pero él volvió a acariciarme el cuello con la boca. Olía el perfume de maderas de su colonia como si fuera mi propio perfume. A veces, cuando no estaba con él, su perfume era una de las cosas que más recordaba de él y, en ese instante, era parte de mí.

– Ya estamos cerca –dije.

– ¿Tan pronto?

Me reí.

– No es pronto. Bueno, quizás. Si sigues así, sí. Pero ya estamos cerca. ¡Oh, qué rico!... Vale. Para. Necesito estar alerta. No puedo caerme del coche cuando lleguemos, necesito que las piernas me sujeten, y si no paras es exactamente lo que va a pasar.

– ¿Y crees que yo soy capaz de pensar ahora? –preguntó. Me cogió la mano y la apretó contra su entrepierna para que sintiera su dureza. Estaba jugando conmigo, pero yo también era capaz de jugar con él. *Muy bien*, pensé. *Sigámosle el juego y veamos lo rápido que se asusta.* Empecé a restregar mi mano por el pantalón. Cuando echó la cabeza hacia atrás, le apreté el pene produciéndole el mismo intenso placer que él me había proporcionado.

– ¡Para! –dijo.

– ¿Por qué?

– Porque ya te he entendido.

– ¿No quieres caerte del coche?

– No creo que pueda salir del coche en estas condiciones.

– Tú empezaste.

– Así es. Pero no es culpa mía.

– Espero que puedas disimular *eso* cuando salgas del coche –dije, dejándolo respirar–. Vas a parecer una tienda de campaña.

– Igual que tus pezones.

– Eres imposible.

Cogí el bolso, vi la nota encima de él, la guardé y me pregunté una vez más qué decía. *Más tarde.* Saqué la polvera y encendí la luz encima de mi asiento. Me empolvé la cara y me retoqué los labios. Miré a Alex, que se estaba ajustando los pantalones.

– ¿Apretados?

– Ni te imaginas.

– De hecho, me hago una idea.

Me sonrió con afectación.

– Se supone que tenemos que portarnos como adultos –dije sonriendo.

– Claro, eso. Eso se puede ir a la mierda si significa que no podemos hacer esto.

– ¿Quieres darte el lote luego?

– Muy graciosa. Por cierto, quiero mucho más que eso.

– Parece que hemos llegado –dije mientras la limusina reducía la velocidad y se acercaba a la acera–. ¿Estás listo?

– Aún la tengo dura.

– Pues, buena suerte entonces –dije.

– Eres mi asesora. Estás aquí para ayudarme.

– ¿Seguro? Eso tiene vida propia. Deberías estar orgulloso. Sal ahí fuera y presume.

– Eres incorregible.

– Mira quién habla.

El chófer abrió la puerta y los *flashes* empezaron a llover sobre nosotros desde la multitud de periodistas y *paparazzi* que hacían guardia a un lado y otro de la entrada al edificio. Le dí la mano al chófer e intenté bajarme a la acera tan elegantemente como pudo a pesar del largo de mi vestido y de lo excitada que estaba. Finalmente, Alex fue capaz de salir del coche. Detrás de mí, sin despegarse por lo que me podía imaginar era una buena razón, saludó con la mano a la multitud.

– ¿Vas a poder caminar? –le pregunté por encima del hombro.

– Con dificultad.

– Las acciones de la Wenn subirían como la espuma si le enseñaras al mundo lo que ocultan los pantalones.

– Muy graciosa . Y, por cierto, son tus pezones los que van a estar en Page Six mañana, cariño.

– Que estén. Los he ganado a pulso en el trayecto hasta aquí.

Impulsivamente, me volví a él y lo besé en los labios mientras que un inimaginable despliegue de luces nos envolvía. Unos y otros requerían nuestra atención. A mí no me conocían, pero sin duda conocían a Alex y le pedían que mirara aquí y allá. Posamos para los fotógrafos y luego me devolvió el beso de tal modo que sabía que una o varias de aquellas fotografías sería *viral* al día siguiente.

¿Y qué va a pensar la junta de Wenn de esto? Pensé.

CAPÍTULO DIECIOCHO

Cuando las puertas del ascensor se abrieron, la terraza del edificio estaba llena de gente y una orquesta tocaba al otro lado del ascensor. Con mejor compostura que teníamos un poco antes, Alex me dio la mano y nos adentramos en lo que parecía sacado de un cuento de hadas. ¿Cómo había conseguido Henri Dufort los jardines que tenía delante de mí? El simple hecho de llevar la tierra hasta allí arriba tenía que haber sido un esfuerzo increíble, al igual que las plantas, las matas de flores, el césped.

Desde aquella altura las vistas de la ciudad eran magníficas. Lo mejor de todo era que, quizás porque Central Park estaba enfrente del edificio y lo amortiguaba, no hacía el viento que esperaba que hiciera. Sólo había una ligera brisa, tamizada por los árboles que el propietario había plantado, que hacía que la falda de mi vestido se abrazara a mis tobillos.

Un camarero con una bandeja de plata llena de copas de champán se detuvo a nuestro lado. Alex cogió dos copas. Bebimos despacio, caminando por el sendero que delimitaban los jardines. El lugar era enorme y diseñado con meticulosidad. Los jardines eran espectaculares, pero no obstaculizaban el principal propósito de aquella terraza. Entretener.

– Esto es increíble –dije a Alex.

– He estado en muchas terrazas impresionantes, pero tengo que admitir que esto no se ve todos los días.

– ¿Cómo pudo hacerlo?

– Lo puedes buscar en Google. El *Times* publicó un artículo cuando estuvo terminado. Todos los detalles estás allí. Es interesante leerlo –dijo. En ese momento, algo llamó su atención y dio un trago a la copa de champán–. Mierda –añadió.

– ¿Qué?

– Tu querida amiga Tootie Staunton-Miller está aquí. Ella y su marido, Addy, vienen hacia aquí.

– Bueno, al menos me gusta Addy.

– A todo el mundo le gusta Addy. Pero ella... ¡Es una arpía!

– Estoy preparada.

– Espero que sí.

– ¡Alex! –dijo Tootie mientras se acercaba a nosotros. Llevaba un traje de noche azul oscuro, de líneas muy simples que, aún a su edad, no revelaba ni un gramo de grasa en exceso. Se conservaba muy bien y en muy buena forma. Le dio a Alex dos besos en el aire y dejo claro su deseo de ignorarme.

– Tan guapo como siempre –le dijo.

– Hola, Tootie. Addy –saludó Alex.

– Me alegro de verte, Alex –dijo Addy–. Y a ti también, Jennifer. Estás más guapa cada día.

– Gracias, Addy. Tú también estás muy elegante.

– Te lo agradezco –dijo ignorando la mirada de reproche de su esposa–. Una fiesta magnífica. Hemos llegado justo detrás de vosotros.

– Así es –dijo Tootie–. Menuda exhibición de afectos cuando salisteis del coche. Todo plasmado en fotos. Todo orquestado para la prensa.

– ¿Perdón? –dijo Alex.

– Nada, nada. Lo siento –dijo con la mirada clavada en mí–. Sólo que es poco frecuente ver cosas así en estas ocasiones. La mayoría de nosotros evita la prensa. Casi contuve la respiración cuando os vi entrelazados tan románticamente.

– No hay nada malo en la espontaneidad –dijo Alex–. O en el romance. Disfruté el momento. Tootie, ¿te acuerdas de Jennifer?

– ¿Cómo podría olvidarme de Jennifer? ¿Cómostás?

Tootie, como Blackwell, saludaba así. Le devolví el saludo levantando mi copa de champán.

– Tan efervescente como siempre, Tootie.

– No lo dudo. Bonito vestido –dijo mirando fijamente a mi escote–. Es casi discreto para ti. ¿De quién es?

– Dior

Hizo un gesto de desdén con la mano.

– Dior, Dior. La última vez que te vi ibas de Dior. Deberías experimentar con otros, Jennifer.

– La última vez que nos vimos iba de Valentino.

– Ah, no...

– ¿No recordabas o te da igual? No me importa realmente. En cualquier caso, he estado experimentando. Ni te imaginas cuánto. Pero veo que tú no. Supongo que no nos movemos en los mismos círculos, Tootie. Empiezo a creer que nos separa un mundo de distancia. Al menos en ciertos asuntos.

Echaba humo.

– Acabamos de regresar de un corto viaje a Maine –dijo Alex, intentado hacer lo posible para aliviar la tensión.

– Maine –dijo Tootie–. Ya me acuerdo. Tú eres de allí, ¿no, Jennifer? Del interior, creo.

– Así es, Tootie. Del interior.

– Entiendo por qué te largaste de allí. Manhattan tiene mucho más que ofrecer.

– Manhattan tiene sus ventajas. Pero Maine... Me encanta Maine.

– ¿De verdad? ¿Incluso el interior?

– Incluso el interior. La gente es de verdad allí. Nadie pretende ser algo que no son. Puedes ir a cualquier sitio y sentirte bien recibida, sin recelos. Nunca te catalogan. Me encanta el interior de Maine precisamente por eso.

– Interesante.

– ¿Te lo parece?

– Muy interesante.

– En cuanto a la costa, que probablemente te encante, esa es otra historia. Los Rockefeller tienen varias propiedades allí. Y los Morgan y los Vanderbilt. Y, por supuesto, los Astor y los Ford, que tienen propiedades que hasta a ti te impresionarían, Tootie. O quizás no,

¡quién sabe lo que a ti te impresiona! También un cierto número del todo Hollywood vive allí, aunque dudo que eso te importe. Ninguno de ellos pertenece a los de siempre. Pero bueno, para que te hagas una idea. Maine atrae a la gente a sus costas. Son especiales. Si realmente no quieres que Maine te defraude, algo que creo que te pasaría si te ves atrapada en el interior, solo necesitas saber adónde dirigirte. De hecho, el mar no está lejos de donde yo solía vivir. En Bar Harbor hay un lugar precioso llamado Thunder Hole. Deberías verlo, Tootie.

– Tiene nombre de parque temático.

– Es un espectáculo natural. Cuando sube la marea y entra el agua en la cueva, el agua remonta al cielo con una explosión furiosa, casi violenta. Creo que te identificarías con él.

– ¿Por qué lo dices?

– Por nada, realmente.

– ¿Ha conocido Alex a tu familia mientras estabais allí? Eso sí que debe ser interesante.

– Fuimos a Harbor Point –dijo Alex–. Debes acordarte de la casa que tenemos allí. Fuiste con mi madre varias veces. Deben haber pasado veinte años. Jennifer y yo decidimos hacer una visita y pasar algún tiempo a solas.

– Suena a viaje romántico –dijo Addy, claramente molesto con su esposa.

– Lo fue.

– No quiero imaginarme lo romántico que ha debido ser –replicó Tootie.

Seguro que me reprenderían más tarde, pero no me importaba.

– No tienes ni idea. Todavía estoy dolorida –dije inclinándome hacia ella.

Se quedó boquiabierta mientras que Addy intentaba reprimir una sonrisa. Alex le dio un trago largo a su copa y me cogió de la mano.

– Un placer verte, Addy –dije.

Los ojos de Addy brillaron.

– El placer es siempre verte a ti, Jennifer.

– A ti también, Tootie. Eres una curiosidad digna de verse.

– ¿Qué quiere decir eso?

Decidí que lo averiguara por sí misma. Alex y yo empezamos a acercarnos a la multitud.

– Que los paséis bien –dije despidiéndome.

CAPÍTULO DIECINUEVE

– ¿Thunder Hole? –preguntó Alex con perplejidad mientras nos acercábamos a la multitud–. ¿En serio?

– Me encantaría arrojarla dentro. Obviamente, no le gusto.

– Creo que el sentimiento es mutuo.

– Si hubiera sido más civilizada la primera vez que nos vimos, no me hubiera comportado así con ella. Pero no lo fue. Actuó como una esnob. Me miró por encima del hombro, ¿no te acuerdas? No estoy en el *registro* social. Es capaz de sacar lo peor de mí. Espero que no te pusiera en evidencia.

Me apretó la mano.

– La verdad, hubo algunos momentos en los que quería reírme. Y también Addy, se lo noté. Es una mujer muy desagradable. Siempre lo ha sido. Probablemente por eso mi madre y ella era tan buenas amigas. Se necesitaban. Nunca me ha gustado a mí tampoco. ¿De verdad que estás aún dolorida?

–preguntó, inclinándose hasta el oído.

– No demasiado.

– Me alegro.

– Yo también. ¿Y dónde está Dufort?

– Recibiendo a su corte. ¿Lo ves? Ahí, a la derecha. Sentado en una especie de sillón dorado.

– Parece un trono. ¿Por qué no? Es el rey esta noche. ¿Cuántos años tiene, por cierto?

– La invitación decía que celebraba sus sesenta años, pero todo el mundo sabe que tiene al menos setenta. Aunque tengo que admitir que está muy bien para su edad.

– Seguro que gasta una fortuna en toxinas.

– ¿En qué?

– Botox. Toxinas.

– Estás de buen humor esta noche –dijo–. Así me gusta. Eso quiere decir que vamos a pasarlo muy bien en la cama más tarde.

– Realmente necesitas concentrarte en tu misión. Es mi consejo como asesor, que es como me gano el sueldo.

– A la orden.

Me detuve, poniéndome seria.

– Mira quién está aquí también.

– ¿Quién?

– Delante, a la izquierda, a unos treinta metros. Darius Stavros y su hijo, Cyrus. Deberíamos acercarnos a saludarlos.

– Preferiría que no te acercaras a Cyrus en ningún momento.

– Eso ya lo hemos superado, ¿o no?

– Supongo que sí.

– No tienes que preocuparte por Cyrus, o cualquier otro.

– ¿Por qué no?

– Porque estoy contigo.

Me apretó la mano aún más.

– No me lo dices lo suficiente. No sabes lo que significa para mí. Estoy haciendo lo que puedo para convencerte de que te acerques más a mí, pero sigues levantando paredes.

– No este fin de semana.

– No me refería a lo físico. Quiero decir emocionalmente.

– Alex, eres el único hombre en el que he estado interesada. Eres el único hombre con el que he *estado*. ¿No te dice eso nada?

– Sí. Tienes razón.

– Debería decirte todo lo que necesitas saber acerca de cómo veo nuestra relación. Disfrutemos lo que tenemos. Dame tiempo para abrirme por completo a ti. Cuanto más tiempo paso contigo y cuanto menos baches encontramos entre nosotros, más paredes se vendrán abajo. Pero ahora mismo estamos aquí y estoy feliz de estar contigo. Anhelo lo nos espera más tarde, después de la fiesta, a solas, pero ahora estamos trabajando. Como asesora, y no estoy de broma, tenemos que acercarnos a ellos y hacer nuestro trabajo. Gracias a Cyrus hiciste negocios con la naviera de Stravos. Tenemos que ir, saludarlos y mantenerlos contentos para que cuando llegue el momento de renovar el contrato no tengamos más que firmar, sin el menor problema

– Tienes razón. Vamos.

En el bolso sentí las vibraciones de mi móvil. Probablemente un texto de Lisa.

– Un segundo –dije–. Lisa sabe que estoy aquí y no me interrumpiría a menos que fuera importante. Déjame ver.

Puse mi copa de champán en una mesa que tenía al lado.

– Lo que necesites. No tengo prisa por ver a Cyrus.

– Cyrus es un cobista, pero te brindó un negocio –le recordé mientras sacaba el teléfono.

Pulsé el teléfono y vi que no era un texto, sino un correo electrónico enviado a la cuenta que tenía con la Wenn. La línea de asunto leía: *Pronto muerta. Quizás esta noche. Quizás mañana. O no. Pero pronto.* No reconocí el remitente. Estaba a punto de borrarlo cuando me di cuenta de que había un documento adjunto. Por curiosidad lo abrí. Una foto mía saliendo de la limusina cuando llegábamos a la fiesta llenó la pantalla. Sentí un escalofrío.

– ¿Le pasa algo a Lisa? –preguntó Alex.

– No es Lisa.

– ¿Quién es?

– No lo sé.

Se volvió hacia mí.

– Te noto tensa. ¿Qué pasa?

Necesitaba tiempo para procesar lo ocurrido y no quería distraerlo antes de que hablara con Dufort. No le contesté.

– Vamos a saludar a Darius y Cyrus y luego empiezas a trabajarte a Dufort. Podemos volver a tu casa inmediatamente después.

– ¿Qué te han enviado?

A pesar de lo asustada que estaba, no quería decirle nada en ese momento. Me mantuve serena, sin distraerme de nuestro objetivo.

– Te lo cuento más tarde. Se nos va el tiempo y tenemos trabajo que hacer. Vas a cerrar un trato con Dufort, o al menos vas a tentarlo. Vamos –dije, metiendo el teléfono en el bolso y obligándome a relajarme. Estaba agitada, pero tenía que ocultarlo. Le sonreí–. Hagámoslo de una vez para que podamos ir a casa a ocuparnos de otros asuntos pendientes.

MEDIA HORA DESPUÉS, terminada nuestra conversación con Darius y Cyrus, Alex habló con Dufort. Yo me mantuve al margen, observando a la gente.

Reconocí a muchos de los invitados por las imágenes en el Times, el Journal, la televisión o internet. Pero reconocí otras dos caras entre la multitud, una de ellas me estaba mirando con abierta hostilidad.

Era Immaculata Almendarez. Alex la había desairado durante la cena para recaudar fondos del Museo Nacional de Arte cuando quiso jugárnosla a Alex y a mí. Nos hizo sentarnos a su lado para poder humillarme coqueteando con Alex. Alex le arruinó la cena cuando, después de ponerla en su sitio, buscó otra mesa para nosotros. Ahora estaba con un caballero entrado en años que me resultaba familiar. Lo reconocí finalmente, Richard Gould, el director ejecutivo de AT&T, la compañía de teléfonos.

Miré a otro lado y vi a Gordon Kobus, el duelo de la compañía área que Alex estaba a punto de adquirir. Hablaba con una rubia espectacular a la que doblaba la edad, corroborando la reputación de *playboy* por la que, según Alex, era conocido.

Lo observé por un momento y me sorprendí cuando me dirigió su atención. No mostró ninguna sorpresa al verme allí, lo que indicaba que ya nos había visto antes. Al contrario, me sostuvo la mirada mientras apretaba los labios con odio. No le había hecho nada a aquel hombre, pero, aparentemente, mi asociación con Alex era suficiente para que yo no le gustara, especialmente porque sabía que Alex estaba cortejando al equipo de gestión de la Kobus para hacer más fácil la transición. *¿Fue alguno de ellos quien me mandó el correo o vino de alguien más en aquella terraza?* Me pregunté si no estaba siendo paranoica. Verdaderamente, toda la gente allí tenía mejores cosas que hacer que enviar amenazas. ¿O no? En los años desde que asumió el control de la Wenn, Alex había hecho algunos enemigos. Había llevado a cabo la compra hostil de varias compañías y se había fusionado con otras, reduciendo personal. Había dejado a muchos sin trabajo en una economía ya difícil.

Aunque todo el mundo parecía muy amable, con la excepción de Immaculata y Kobus, sentía una cierta toxicidad en el ambiente, quizás porque yo era una extraña y no estaba acostumbrada a jugar su juego. Dufort había invitado a los hombres y mujeres más poderosos de la ciudad a su fiesta de cumpleaños, todos ellos ambiciosos competidores que sabían que, en cualquier momento, cualquier persona en la azotea podría darles la espalda hasta el punto de arruinarlos.

Quizás ahora más que antes. Había visto cómo era la vida profesional de Alex y no me había gustado nada de ella. Al menos, no la parte social. Trabajar en la sombra como su asesora era otra historia. Tenía sentido. Ahí yo lo podía beneficiar. Pero esta era la tercera vez que jugaba a vestirme e ir a una fiesta con él para que algún esnob, un competidor o una mujer que quería a Alex para ella sola, me mirara por encima del hombro. Nunca había jugado a eso con nadie, pero era evidente que era una conducta fuertemente enraizada allí.

Miré a Alex y vi, con alivio, que tenía toda la atención de Dufort. El hombre lo escuchaba con interés y asentía con la cabeza mientras Alex le hablaba. Todas buenas señales. Esperaba que lo entusiasmara lo suficiente como para tener una reunión con él.

Un camarero se paró a mi lado y me preguntó si quería un canapé. Decliné. Miré alrededor con una sensación de cinismo que no tenía cuando llegamos. Había una buena razón. Había recibido una amenaza y la antipatía de Immaculata y Kobus.

Pensé en el mensaje de correo. Estaba convencida de que si no venía de alguien que estaba allí en ese momento, venía de alguien que quería usarme para amedrentar a Alex usándome como blanco. Quienquiera que fuese esperaba que informara a Alex del mensaje. Pero, ¿debería hacerlo? ¿Habría alguien de verdad que quisiera matarme? Ahora que tenía la oportunidad de pensar en ello, la idea me parecía absurda. Lo que originalmente me pareció una amenaza verdadera ahora me parecía una broma de mal gusto que no debería preocuparme.

Quien lo hubiera mandado no necesitaba ser un genio. Mi dirección estaba en la lista de correo de la Wenn. Si, por cualquier razón, alguien quería asustar a Alex amenazándome tenía toda la información posible, mi dirección de correo, mi fotografía al llegar a la fiesta y una amenaza de muerte. Todo muy efectivo. Como Alex continuaba hablando con Dufort decidí disfrutar del resto de la noche y pensar en el mensaje como una treta para cogernos por sorpresa y distraernos de nuestra misión.

Bienvenida al mundo de las altas finanzas, pensé. *Quizás es esto a lo que se refería Alex ayer cuando me dijo que lo que pasaba era normal y que lo tenía controlado. Quizás sea esta mi nueva normalidad. Quizás tenga que aceptarlo así.*

Pensé en la nota que Alex me había dado. Esta era mi oportunidad para leerla, mientras él estaba con Dufort. Le di la espalda y la saqué del bolso. La abrí y me sorprendí de lo extensa que era. No era una nota, sino una carta. La leí con un sentimiento de urgencia.

Al comienzo de la misma, a mano, había escrito: *Esto es de* Steinbeck: Una vida en cartas. *Uno de mis libros favoritos. Cuando estábamos en Maine, cuando te veía o pensaba en ti, me acordaba de él, porque estoy enamorado de ti, Jennifer. Steinbeck escribió estas cartas a un amigo suyo. Me recordó lo corta que es la vida, no es que necesitara que me lo recordaran después de lo que le pasó a Diana, pero así y todo.*

Quería que supieras lo que siento por ti. La vida es demasiado corta para no decírtelo. No me da vergüenza decirte exactamente lo que siento por ti siento aunque tú sientas algo diferente. Me llevé un dedo a los labios y cerré los ojos. Ningún hombre me había dicho que me amaba y él me lo dijo en una carta para que pudiera siempre revivir ese momento. No quiso que fuera algo que yo recordase borrosamente, quiso que fuera algo tangible, algo a lo que pudiera asirme cuando quisiese. No podía poner en orden mis propios pensamientos, ni mis sentimientos. Abrumada, empecé a leer.

Hay dos tipos de amor, empezaba el pasaje de Steinbeck. *Uno es el sentimiento interesado, ruin, acaparador, ególatra que usa el amor para satisfacer su vanidad. Esta es la variedad deforme y lisiada. El otro es un derroche de todo lo bueno que hay en ti, de generosidad y respeto, no sólo el respeto social que imponen las formas sino el respeto superior que supone reconocer a la otra persona como única y valiosa. El primero te enferma, empequeñece y debilita, pero el segundo te inyecta fuerza y coraje, y hasta sabiduría que ignorabas tener. Dices que esto no es un amor de un día. Si lo sientes tan intensamente, por supuesto que no es un amor de un día. Pero no creo que me estés preguntando qué sientes. Tú lo sabes mejor que nadie. Lo que quieres es que te diga qué hacer y eso sí te lo puedo decir. Para empezar, glorifícalo y agradécelo. Es el mejor y más bello objeto. Intenta estar a su altura. Si amas a alguien no hay ningún daño en decirlo, pero debes recordar que algunas personas son muy cautelosas y, a veces, el decirlo tiene que tener esa cautela en cuenta. La mujer tiene una manera de saber o intuir como uno siente, pero generalmente les gusta oírlo también. A veces sucede que lo que tú sientes no es correspondido por una razón u otra, pero eso no hace tus sentimientos menos valiosos y nobles.*

Alex terminaba la nota así: *Para mí, es el segundo tipo de amor lo que siento por ti. Te digo esto ahora no porque no quiera decirlo en persona, pienso hacerlo pronto, sino para que tengas una carta de amor mía. La gente no escribe cartas de amor nunca más, pero yo creo que son importantes. Creo que las cartas entre amantes es romántico. Puede definir una relación. Ensalzarla. Quería que supieras por escrito lo mucho que significas para mí. Con el tiempo, espero que sientas lo mismo por mí. Espero con anhelo ese día. Te quiero, Jennifer. Ahora ya lo sabes. Te quiero. Alex.*

Con una sensación de aturdimiento, doblé la carta y la puse en mi bolso. Tomé aire y miré a la ciudad, que parecía devolverme el suspiro con la brisa que me envolvía. Se me aceleró el pulso. En ese instante, la voz de mi padre empezó a infiltrase y robarme la felicidad de aquel instante, pero lo arrojé de mí con una resolución que no había tenido antes. Le negué el acceso, lo dejé afuera y eché la llave para que no pudiera entrar. Estaba decidida a saborear la carta sin la interrupción del putrefacto bebedor que había sido mi padre.

¿Estaba enamorada de Alex? No estaba segura. ¿Qué era estar enamorada? No lo sabía. Hablando de amor, Steinbeck no mencionaba nada acerca del sexo. En su lugar, se dirigió a la esencia de lo que es el amor. Decía que la forma más pura de amor es la que te da fuerza, valor, te hace bueno y hasta te da una sabiduría que no sabías que tenías. Era así como me sentía estando con Alex..

¿Estoy enamorada de él?

Antes de que pudiera contestar mi propia pregunta, Alex apareció a mi lado y me pasó el brazo por la cintura. Su repentina presencia me produjo un pequeño sobresalto.

– Me has asustado –le dije. Me volví hacia él y parecía feliz.

– Lo siento.

Me besó tiernamente en la mejilla y me preguntó si estaba lista para irme.

– Quedémonos un poco más.

– Pero, ¿no me dijiste que querías irte?

– He cambiado de idea. Hay gente bailando cerca de la orquesta. ¿Qué tal un baile antes de irnos?

– Me encantaría. Me encantaría bailar contigo otra vez.

¿Estoy enamorada de ti?

– Pero, primero, ¿cómo te ha ido con Dufort?

– Está interesado. Sabe que Wenn Entertainment está en los países en los que él no ha podido entrar todavía. Nos vamos a reunir el viernes. Creo que llegaremos a algún tipo de cooperación.

– Fantástico.

– Tú eres la que lo pensó.

– Tú eres quien se lo ha vendido.

– Lo que nos convierte en un equipo formidable.

Así era, en más de un sentido.

– Luego, quiero que me digas qué idea tenías tú en mente para él –le dije–. En esa reunión podrías vendérsela también. Gracias a los respectivos contactos, habrá una buena disposición por ambas partes. Es una oportunidad para hacer más negocios.

Bajó la voz y apretó sus labios contra mi oído.

– ¿Sabes qué oportunidad estoy esperando? Quiero estar contigo ya.

– Eso sí que sería cambiar de conversación.

– Lo digo en serio.

– Probablemente sea mejor que no lo hagamos aquí. Immaculata anda por ahí y me está lanzando dardos desde que fuiste a hablar con Dufort.

– ¿Immaculata está aquí?

– ¡Aja! Está con Richard Gould

– ¿El Richard Gould de AT&T?

– El mismo.

– Claro, así es como ha conseguido venir. Bueno. ¿Qué importa? Estoy listo. Bailemos y salgamos de aquí. Quero tenerte en la cama y hacerte y decirte de todo. De hecho, para cuando acabe contigo no vas a saber dónde estás.

Curiosamente, ya había sentido el primer golpe.

CAPÍTULO VEINTE

Cuando salimos de la fiesta, tras un vals muy íntimo durante el cual Immaculata se separó de su acompañante para mirarnos abiertamente, Alex le envió un texto a su chófer mientras bajaba el ascensor. Luego, me puso contra la pared. Fue un descenso largo y él aprovechó cada segundo del mismo para recorrer mi cuerpo con sus manos, arrodillarse delante de mí, levantarme el vestido y besarme el pubis.

– En quince minutos, voy a comerte aquí –dijo, señalando el lugar con sus besos–. Y aquí. Y quizás aquí, que ya está húmedo. No quizás. Aquí. Primero con la lengua.

Levantó lo ojos para mirarme.

– Pensándolo mejor, ¿por qué esperar quince minutos? Cuando puedo tenerte aquí mismo.

Sin pensárselo, se volvió y apretó el botón que detenía el ascensor. Sabiendo que no tenía mucho tiempo antes de que se disparara la alarma, se volvió a arrodillar, me levantó el vestido, me bajó las bragas y me cubrió con la boca. Presionó la lengua en los labios vaginales y empezó a dibujar círculos alrededor de ellos antes de penetrarme con ella. Tragué aire al sentirla. Instintivamente, le agarré la nuca y lo apreté más contra mí.

A pesar de que arriesgábamos ser descubiertos, todo me parecía apropiado. Busqué si había una cámara instalada en alguno de los rincones del ascensor, pero no vi ninguna. No es que me importara mucho. Estaba con Alex Wenn. ¿Qué nos iban a decir o hacer por lo que me estaba haciendo?

Le recorrí el pelo con la mano, suspirando a medida que me acercaba al límite. Sentía la calidez de su aliento en mis muslos mientras que ansioso trataba, con éxito, de complacerme. Pensé en la carta que me había escrito diciéndome que me amaba. Y a pesar de la confusión del momento por no saber cómo tomarlo, la manera en que se abrió a mí ahora me estimulaba.

Por primera vez en mi vida, me sentí completa. Me anclé a él y me corrí casi inmediatamente. Grité de placer, pero no paró. Penetró más adentro. Cuando se sintió satisfecho, sacó la lengua y la llevó al clítoris. Luego restregó en él los cañones de la barba, haciéndome venir una vez más, con tal intensidad que se me aflojaron las piernas.

Y entonces se soltó la alarma.

Rápidamente, Alex salió de debajo de mi vestido y presionó un botón. La alarma se calló y el ascensor se puso en marcha otra vez. Sacó un pañuelo del bolsillo y se limpió la boca, mirándome con una ceja levantada. Se acercó a mí y me besó apasionadamente en los labios.

– Estos son tus dos primeros esta noche –me dijo.

Yo estaba prácticamente sin aliento. Me subí las bragas justo cuando el ascensor empezaba a detenerse. Miré a Alex fijamente mientras me arreglaba el vestido.

– Fue increíble.

– Fue sólo el comienzo.

El ascensor se detuvo. Alex me miró con complicidad. Las puertas se abrieron. Me agarré de su mano para sostenerme. Mi cuerpo se sentía aún débil por lo que acababa de hacer conmigo.

Cruzamos el vestíbulo, atravesamos una puerta que alguien sostenía abierta para nosotros y nos adentramos en la noche. Delante de nosotros estaba el coche. No era la limusina habitual. Esta vez era un lujoso Mercedes negro. No se parecía en nada a otros Mercedes que conocía. Parecía un tanque. Un tipo gigantesco nos abrió la puerta de atrás. Al verlo, reconocí que era uno de los guardias de Alex, pero no dije nada. Había otro hombre al volante. Eché un vistazo alrededor para llenarme de la noche de Manhattan. Las luces se reflejaban en los cristales, el tráfico rugía bajando la Quinta Avenida. En las aceras, unos andaban pausadamente, otros a marcha ligera.

Estábamos casi en el coche cuando oímos disparos.

– ¡Un rifle! –gritó el hombre que sostenía la puerta.

La gente en la acera gritaba.

Todo lo que pasó después es borroso.

Me empujaron dentro del coche con tanta fuerza que me golpeé la cabeza con la puerta al entrar.

Sonó otro disparo atravesando el aire.

Detrás de mí oí otro grito. Era una mujer. Oí a la gente correr, gritar. El caos se había apoderado del lugar y parecía ir en aumento.

El conductor salió del coche, sacó un arma y corrió hacia Alex. Oí cómo le decía a Alex que se metiera en el coche, pero Alex le gritaba algo al otro hombre y este empezó a correr bajando la acera. El conductor, entonces, empujó a Alex hacia la puerta abierta.

Sonó otro disparo, pero esta vez algo realmente terrible pasaba. Algo relacionado con el pecho de Alex. Sin aliento, se derrumbó encima de mí al tiempo que la puerta se cerraba detrás de él con un golpe.

El conductor fue a su asiento, se volvió y agarró el brazo de Alex.

– ¿Lo han alcanzado?

Le costaba trabajo respirar. Asustada, recorrí su cuerpo con mis manos. Sentía el calor de la sangre, pero no podía verla. Le sujeté la cara y me di cuenta que tenía dificultades para respirar. Le habían dado. Estaba segura.

– Quédate conmigo –grité–. No me dejes.

El conductor seguía comprobando el estado de Alex cuando debería estar conduciendo, llevándolo a un hospital. Lo miré.

– Está herido –dije–. Le han disparado. Haga algo, por el amor de Dios.

El coche arrancó a toda velocidad.

CAPÍTULO VEINTINUNO

– ¿Te dieron? –pregunté a Alex mientras nos dirigíamos a toda velocidad al hospital que nos llevara el conductor.

Levantó la cabeza, parpadeó y finalmente pudo recobrar el aliento. Se dio la vuelta y se apretó el pecho con la mano. Vi que la camisa estaba seca, que no había sangre. Lo toqué para asegurarme. Estaba seco.

– No –dijo–. Cuando me empujaron al coche, creo que me di un golpe contra la puerta. Me dejó sin respiración y por eso caí encima de ti.

Le costó trabajo sentarse. Puso mi mano sobre su rodilla

– Estoy bien –dijo–.

– ¿Estás seguro?

– Segurísimo.

Me volví al conductor, que era también uno de los guardias de Alex, ya que llevaba un arma. Lo apreté en el hombro.

– ¿Qué es lo que ha pasado? –pregunté

– Quieren asustarlo. Estaban usando un rifle. Si hubieran querido matarlo lo habrían hecho.

– ¿Quiénes?

– No lo sabemos todavía.

– ¿Desde dónde dispararon?

– Diría que de uno de los edificios al otro lado de la calle.

– Así que sabían que estaríamos allí esta noche.

– Aparentemente.

– ¿Qué es todo esto?

– No lo sabemos.

– ¿Cuándo lo van a saber? ¿Cuándo empezó todo esto?

– Hace poco tiempo dijo Alex. Dudó antes de hablar, pero al final pareció decidirse–. Desde hace una semana he estado recibiendo amenazas de muerte.

– ¿Amenazas de muerte?

– Esta mañana me llegó otra.

– Te llegó, ¿cómo?

– Por teléfono. Un texto.

– ¿Qué decía?

– No quiero preocuparte con esto.

– ¿Crees que no estoy preocupada después de lo que ha pasado? ¿Después de que te han disparado? ¿Y después de contarme esto? Claro que me preocupa. ¿Qué decía?

– Que pronto estaría muerto.

Vio el miedo en mi expresión y me detuvo antes de que pudiera decir nada.

– El servicio de seguridad lo está investigando. Si necesitamos llamar al FBI lo haremos.

– ¿Quién querría matarte?

– Elige. La Wenn tiene más de una docena de compañías y corporaciones. Hemos dejado a muchos fuera del negocio. Mucha gente ha perdido su empleo por nosotros. Mi padre era blanco frecuente de amenazas. Como te dije, esto no es nuevo para mí, excepto por lo que ha pasado esta noche. Ninguna amenaza había llegado nunca a tanto. Por lo demás, estoy acostumbrado

– ¿Qué vida es esa?

– La vida que heredé de mi padre.

El corazón me empezaba a retumbar en los oídos. Pensaba que había estado a punto de perderlo, lo que me resultaba incomprensible en aquel momento de nuestra relación. Nunca había tenido tanto miedo. No podía perderlo ahora.

– Esto empezó cuando estábamos en Maine, ¿verdad?

– Empezó antes de que fuéramos a Maine.

No pude evitar sentir una chispa de ira y de traición.

– ¿Y no me dijiste nada antes de irnos? ¿Sabías esto y aún así hicimos el amor? ¿Por qué me querías hacerme eso? Me destrozarías ahora si te perdiera.

– ¿Crees que no siento lo mismo por ti? ¿O quizás más? Cuando estábamos en Maine aún estaba convencido de que esto no era más que una de esas falsas amenazas. He recibido docenas de ellas. Y yo no empecé lo que sucedió entre nosotros la primera noche en Maine, Jennifer. Tú empezaste.

– Tú podrías haberme parado. Sabías lo vulnerable que era aún. Sabías lo mucho que estaba dando. ¿Por qué no paraste teniendo esta amenaza sobre nuestras cabezas? Deberías haberlo parado. Con lo que sabías, nada debería haber pasado aquella noche, o en la playa, o en el ascensor hace un momento. He tenido una intimidad contigo que no debería haber tenido.

No respondió.

– ¿Qué pensabas que iba a pasar cuando llegáramos a Maine?

– No lo sé.

– Por favor. Los dos lo sabíamos.

Me calmé y me centré en lo que realmente importaba en ese momento, su seguridad, mi seguridad y en cómo podíamos terminar lo nuestro para poder seguir con nuestras vidas.

– ¿Cuándo vas a llamar al FBI?

– Mañana probablemente.

– ¿Por qué mañana? ¿Por qué no los llamas ahora? Esto es serio –y entonces supe por qué–. Por la prensa, ¿verdad? Te preocupa cómo esto puede afectar a los valores en bolsa de la Wenn.

– Así es. Y también a la junta.

– ¡Que se joda la junta! ¡Que se joda la Wenn! Tu seguridad es lo primero. El FBI puede mantenerlo en silencio. Para algo es el FBI. Llama a tu gente y haz que comience la investigación. Dijiste que habías estado recibiendo textos. Los textos se envían por teléfono. Seguro que hay un nombre asociado con ese móvil.

– No seas ingenua.

– ¿Lo soy?

– Hay servicios de texto, Jennifer. Algunos ofrecen periodos de prueba gratuitos, sin necesidad de tarjetas de crédito. Todo lo que piden es una dirección electrónica de correos, que, como sabemos, puede ser falsa. Y luego están los TracFone. ¿Sabes lo que son? Los compras en cualquier hipermercado. Vienen cargados con una cierta cantidad de minutos. Nada puede asociarlos con quien los usa, especialmente si esa persona lo pagó en efectivo. Te ofrece completo anonimato hasta que le añades minutos con la tarjeta de crédito. Si esta persona usó un TracFone para enviarme esos textos, ¿no crees que usarían otro cuándo se le agotaran los minutos en lugar de hacer su identidad pública? Naturalmente, es lo que haría. Hay otras posibilidades. A mí se me ocurren estas dos. Estoy seguro que el FBI conoce un montón de formas para enviar textos anónimos. Y, por cierto, ¿el número asociado a los textos que recibí? Cuando llamas, no hay respuesta. No contestan por razones obvias. Lo he intentado.

– No me puedo creer que el FBI no tenga recursos para situaciones así. El único obstáculo eres tú y tu maldita compañía. Me contrataste como asesora.

– Asesora comercial.

– Exactamente. Y este es el consejo que te voy a dar ahora mismo. Ponlo en manos del FBI. Que ellos hagan su trabajo. Que terminen con esto de una vez. Cuando esto salga a la prensa, si sale, estaremos preparados para decirles que el asunto está siendo investigado. Tenemos trabajo que hacer. Tenemos que filtrar a la prensa información acerca de otros directores ejecutivos que hayan recibido amenazas similares y hacerlo parecer tan corriente como lo es. Sólo tienes que leer el *Times* o el *Journal*, o poner atención a las noticias en general. O simplemente tener un poco de sentido común. Cualquier persona en una posición de poder, como podrías ser tú, está expuesta a esto en todo momento de su vida. Tus inversores lo saben. Serían estúpidos si no lo supieran. No veo cómo esto podría tener algún efecto en la Wenn. Manipúlalo correctamente y podría incluso ser una ganancia para la compañía.

– ¿Qué te hace pensar eso?

– No hay prensa que sea mala prensa. Si hay una manera de manipular esto a nuestro favor, la encontraré.

– ¿Y tienes la capacidad de hacerlo?

El comentario me ofendió. De hecho, toda la conversación me estaba ofendiendo.

– Tengo la capacidad de mirar al director ejecutivo de una corporación a los ojos y ponerlo en su sitio como nadie más se atreve a hacerlo. Digiérelo como puedas, pero tú y yo sabemos que estoy en lo cierto. Llama a tu equipo de vigilancia y diles que se pongan en contacto con el FBI.

– Llévenos a casa –dijo Alex al conductor–. No necesito ver un médico.

Me miró, como disculpándose.

– No me imaginaba que esto llegaría tan lejos. Me han amenazado de muerte muchas veces desde que me hice cargo de la compañía. Cada una de ellas no fue más que una broma pesada. Claramente, esta no lo es. Pensé que podría mantenerte al margen, pero este no es el caso.

– No. No lo es –dije.

Me miró.

– Hay algo que tienes que saber. Esta noche yo he recibido una amenaza de muerte. Tampoco me la tomé en serio o te lo hubiera dicho en el mismo momento de recibirla, especialmente si hubiera sabido todo esto. Si lo hubiera sabido te lo habría dicho inmediatamente.

Parecía aterrado.

– ¿Qué decía?

– Que iba a morir pronto. Incluía una fotografía mía, tomada cuando llegamos. Quien la envió estaba entre el público cuando salimos de la limusina. Lo tuve a unos pocos metros de distancia y me amenazó de muerte. ¿Cómo es posible que no me dijeras nada antes? Has puesto tu vida en peligro y la mía también.

– Debería habérmelo tomado más en serio. Lo siento. Es que... ¡es tan rutinario para mí!

– No me importa si era rutina en el pasado. De ahora en adelante, la rutina se ha acabado. Ahora me afecta a mí. Esas balas que nos dispararon podrían haber sido para mí, no para ti. ¿Te has parado a pensarlo. La gente sabe que somos pareja y que perdiste a Diana. Alguien podría querer dejarte sin mí también. Alguien podría querer matarme para enviarte un mensaje.

Alex me miraba sin encontrar palabras.

– Deberías haberme contado esto desde el principio –dije–. Sabía que algo no iba bien. Te pregunté cuando estábamos en Maine, pero te negaste a decírmelo. Y por no decírmelo, por no dejarme estar preparada para esto, has puesto mi vida en peligro.

– Nunca pensé que llegaría tan lejos.

– Pues ha llegado. Y no necesito oír más. He oído lo suficiente. Se acabó.

Me incliné hacia el conductor.

– Quiero bajarme.

– No es una buena idea, Srta. Kent.

– Pare el coche y déjeme salir. Cogeré un taxi desde aquí. Hágalo ahora o abro la puerta y salto.

Se hizo a la izquierda y paró el coche. Cogí mi bolso, salí del coche y empecé a bajar la calle.

Alex salió detrás de mí.

– Vuelve al coche. Allí estamos seguros –dijo–.

– ¿Dónde estamos seguros? ¿En serio, Alex? Ahora mismo no estamos seguros en ninguna parte.

– Es un coche blindado. Vuelve.

En el bolso, mi teléfono emitió un zumbido que fue como una sacudida de terror.

Podría ser Lisa, pensé. Pero sabía que no.

Detrás de mí, podía oír a Alex acercándose. En ese momento no lo quería tener cerca, así que seguí andando mientras sacaba el teléfono del bolso y vi que no se trataba de un texto, sino de otro correo. Lo abrí y el corazón se me heló. Paré para leer lo que había en la pantalla.

– ¿Qué es? –dijo Alex.

Lo leí otra vez.

– ¿Qué dice?

Le mostré la pantalla para que pudiera leerlo él mismo.

– Vas a morir con él –decía el mensaje–. Más temprano que tarde, los dos vais a morir. Despídete ahora, Jennifer. Dale tu último beso en la acera mientras aún tienes la oportunidad. Os daremos un momento para que lo hagáis antes volaros en pedazos.

Orden de lectura:
Jennifer y Alex:
Aniquílame: Volumen 1
Aniquílame: Volumen 2
Aniquílame: Volumen 3
Aniquílame: Volumen 4
Aniquílame: Volumen 5 (Navidad)
Lisa y Tank:
Desátame: Volumen 1
Desátame: Volumen 2
Desátame: Volumen 3
Jennifer y Alex:
Aniquílalo: Volumen 1
Aniquílalo: Volumen 2
Aniquílalo: Volumen 3
Aniquílalo: Navidad

LA HISTORIA DE JENNIFER Kent y Alexander Wenn se desarrolla a lo largo de cinco novelas. Cada una de ellas cuenta un episodio completo en la vida de nuestros protagonistas.

Sigue la serie Aniquílame con el Volumen 3. Disponible ahora para la venta.

Me encanta charlar con mis lectores y hacer sorteos para ellos. Espero verlos allí pronto.

Les estaré profundamente agradecida si hacen una reseña crítica de esta novela en Amazon. Estas reseñas son esenciales para todo escritor.

Gracias.

Christina